Leif Lindholm

ZWISCHEN ZWEI MEEREN

Mit Illustrationen von
Marieke Nelissen

Insel Verlag

Quellennachweise:

Das Zitat auf S. 30 stammt aus: Johann Wolfgang von Goethe, »Meeres Stille«. Aus: »Poetische Werke«, Berliner Ausgabe, Band 1, Berlin 1960, S. 47

Das Zitat auf S. 59 stammt aus: Hans Christian Andersen, »Aus Herz und Welt«, Verlag T. Wiedemann, 1860, S. 105

Die Zitate auf S. 92 ff. stammen aus: Friedrich Schiller, »Der Taucher«, Friedrich Schiller, »Die schönsten Gedichte und Balladen«, Piper, 2009, S. 81 ff.

Das Zitat auf S. 132 stammt aus: Jules Verne, »20 000 Meilen unter dem Meer«, Verlag A. Hartleben, 1874, S. 74

Klimaneutral
Druckprodukt
ClimatePartner.com/14438-2110-1001

Erste Auflage 2024
Originalausgabe

Umschlaggestaltung: Designbüro Lübbeke Naumann Thoben, Köln
Umschlagillustration: Marieke Nelissen / www.lepetitstudio.nl
Satz: Greiner & Reichel, Köln
Druck: Pustet, Regensburg
Printed in Germany
ISBN 978-3-458-64415-6

www.insel-verlag.de

Geheimnisse sind die Knotenpunkte,
die die Welt zusammenhalten.

1

Ein Schild stand dort, an der Spitze. *In Lebensgefahr begibt sich, wer zwischen den beiden Meeren schwimmen geht.* Die Macht der Kollision. Die Seeleute wussten es ja: Das Kap hatte es in sich, nicht nur wegen der starken Strömungen. Die Landspitze war als Schiffsfriedhof berüchtigt und unter Seefahrern gefürchtet. Man sagte, dass das Zusammentreffen der beiden Meere dem Ort eine besondere Energie verlieh.

Theo nahm diese Energie sofort wahr, als er am Grenen stand, an jenem Sommertag, als er den Jungen das erste Mal sah. Er war gerade in Skagen angekommen, und noch bevor er zu seinem Ferienhaus gefahren war, hatte er Halt am Strand gemacht.

Der Junge stand an der Stelle, wo die Wellen ausrollten. Türkisblau war das Wasser, das von Nordwesten sanft an den Strand spülte. Grünlich wie ein Dschungelfluss war es im Osten.

Doch der Junge wirkte, als gehörte er nicht hierher. Theo schätzte ihn auf etwa elf oder zwölf Jahre, vielleicht auch jünger. Er war recht schmächtig und trug ein blau-weiß gestreiftes Trikot eines deutschen Fußballvereins. Er hatte rötliches Haar, das in der Sonne stark glänzte, aber es war nicht die Haarfarbe, die Theo irritierte. Es war der Blick des Jungen, die Art, wie er auf das weite Wasser schaute. Theo kannte dieses Gefühl: das Ziehen, jene Sehnsucht, von der das Meer seit ewig kündet.

Erst jetzt bemerkte Theo, dass der Junge zitterte.

»Wer als Kapitän von der Nordsee in die Ostsee will oder umgekehrt, muss hier vorbei. Mit dem Segelschiff ist man in ein paar Stunden in Norwegen, dort drüben liegt Schweden ...«, sprach Theo den Jungen an, um ihn zu beruhigen.
Der Junge erschrak und rannte weg. Vielleicht verstand er ihn nicht? Oder fürchtete er sich einfach vor Fremden, hätte Theo ihn lieber nicht ansprechen sollen? Theo blieb betroffen zurück und sah ihm nach.
Offensichtlich wollte er die sanften Dünen erreichen. Der Weg dorthin war weit, gut hundert Meter, über die topfebene Sandfläche.
Theo sah, wie der Junge immer wieder stoppte. Schließlich erreichte er die kleinen Sandhügel, auf denen spärlich Gras spross. Mit einem Sprung verbarg er sich hinter dem ersten Hügel und spähte zwischen den Grashalmen zu Theo hinüber.
Theo stand noch immer da und blickte zu den Dünen. Schließlich drehte er sich wieder in Richtung Meer und ließ sich langsam auf dem Boden nieder.
Aus der Jackentasche holte er einen Block und einen Bleistift hervor. Er wollte mit seiner ersten Zeichnung beginnen. Aus der Ferne spürte Theo in seinem Nacken den Blick des Jungen. Was hatte ihn so aufgewühlt?

2 Als er hinter seiner Vermieterin das kleine Ferienhäuschen betrat, kam es Theo so vor, als würde er im Inneren einer Sanduhr ankommen. Die Holzdielen waren mit einer feinen, knirschenden Schicht überzogen, in den Ecken hatten sich Sandhäufchen gebildet.

»Da drüben, sehen Sie?« Die Vermieterin zeigte aus dem Fenster. »Die Düne. Das ist keine normale Düne. Es ist eine Wanderdüne. In ein paar Monaten hat sie das Haus erreicht. Deshalb will es keiner haben.«

Theo gefiel das niedrige Häuschen mit rotem Ziegeldach auf Anhieb. Das Innere einer Sanduhr. Der Gedanke gefiel ihm. Wie war er nur hierher, so hoch in den Norden gekommen, wo er doch eigentlich südliche Gefilde bevorzugte? Er war dem Nordlicht gefolgt. Vielmehr dem Ruf des Lichtes, das diesem Ort vorauseilte, er wollte es sehen und einfangen, dieses Licht, das Generationen von Malern inspiriert hatte.

»Ich nehme das Haus.«

»Bis wann?«, fragte die Frau, die ein tadelloses Deutsch sprach.

»Das weiß ich noch nicht. Vielleicht, bis die Düne anklopft.«

Beide schmunzelten. Theo schätzte seine Vermieterin auf Ende sechzig. Sie trug einen Bubikopf und wirkte sehr agil. Das kam wohl von der guten Seeluft, dachte Theo. Er griff zur Brieftasche.

»Soll ich schon mal anzahlen?«

Er sah, wie die Frau mit sich kämpfte. Ohne ihre Antwort abzuwarten, zog er vier Eintausend-Kronen-Scheine heraus und reichte sie ihr. Sie wollte schon abwehren, griff dann aber schnell und beherzt zu.
»Das müsste, wenn ich richtig gerechnet habe, für fünf Tage reichen?«
Sie nickte. Sie schauten in den kargen Raum, den schon länger keiner mehr betreten hatte. An einer Wand hing ein Leuchtturm aus Keramik an einer Kordel.
»Sie müssen wissen, früher war es mal ein Fischerhaus. Es war das Haus meines Großvaters.«
»Ihres Großvaters?«
»Ja. Draußen, da, wo jetzt der Sand liegt, da standen die Spaliere, wo ich meinem Großvater geholfen habe, den Fisch zu trocknen. Früher lebten hier alle Familien vom Fischfang. Heute leben wir vom Tourismus. Es verändert sich eben alles, so wie die Düne.«
Sie schien kurz zu überlegen.
»Soll ich Ihnen mit Ihrem Gepäck behilflich sein?«, fragte sie schließlich.
»Ist nicht so viel«, meinte Theo abwehrend, trat aus dem Haus und öffnete die Heckklappe seines Autos. Er hatte nur eine Reisetasche dabei, seinen Laptop und – natürlich – die Staffelei, den Holzkoffer mit Farben und Paletten und den Skizzenblock.
Die Frau war ihm gefolgt und blickte ihm über die Schulter.
»Sie malen?«
Theo lachte. Es war ein leises, etwas resigniertes Lachen.
»Ich versuche es, aber ich bin nicht wirklich gut«, gestand er.
»Sagen Sie das nicht. Wir haben hier ein kleines Künstlerdorf.«
Sie zeigte vage in Richtung Norden.
»Ah, die Nachfolger der berühmten Skagen-Maler«, erwiderte

Theo, und die Frau strahlte. »Ich fürchte, ich kann mich nicht mit ihnen messen.«

»Noch nicht, vielleicht«, versicherte die Frau, »aber wenn Sie sich hier von dem Licht und den Farben inspirieren lassen, dann sind Sie auf einem guten Weg.«

Theo ließ den Blick schweifen. Hinter ihm ragte die weiße Wand aus Sand in die Höhe und vor ihm lag diese eigenartig karge und doch grüne Heidelandschaft, übersät von niedrigen Büschen, die sich eng aneinanderschmiegten und nur selten einmal von einem moorigen Tümpel unterbrochen wurden. Doch nicht das inspirierte ihn – er wollte zurück ans Meer, am besten dorthin, wo sich die Meere treffen.

»Was wollen Sie denn malen?«, fragte die Frau.

»Na ja«, entgegnete Theo, »das Meer?«

»Wenn Sie Sonnenaufgänge mögen, dann müssen Sie den Weg nur zwei Kilometer da lang nehmen«, wies sie ihn ein, »und wenn Sie Sonnenuntergänge lieber haben, dann müssen Sie über dic Düne, etwa einen Kilometer.«

Theo lächelte über die Bemühungen der Frau, ihm die Himmelsrichtungen zu erklären. Doch sie kam nun zu praktischeren Dingen.

»Vorne an der Straße ist ein kleiner Supermarkt, da bekommen Sie alles, was Sie brauchen. In Skagen finden Sie am Hafen einige sehr gute Fischrestaurants … und wenn Sie sonst noch etwas brauchen, können Sie jederzeit bei mir vorbeikommen, ich wohne gleich da drüben. Das blaue Häuschen da hinter der Düne.« Sie zeigte Richtung Küchenfenster, als könnte man durch den Sandberg dahinter schauen. »Ich heiße übrigens Trude.«

»Trude«, wiederholte Theo.

»Trude, Trude Eriksen, sagen Sie Trude zu mir. Wir sind hier nicht so förmlich.«

»Theo.«
Sie streckte ihm die Hand entgegen. Er schüttelte sie vorsichtig. Sie wiegte noch ein wenig den Kopf hin und her.
»Ja, dann … dann mache ich mich mal ans Auspacken.« Er nahm die Reisetasche und den Laptop und schlug den Kofferraum zu. Die schwereren Malsachen würde er später ausladen.
»Vielleicht sehen wir uns ja die nächsten Tage mal.«
»Oh, das wäre nett. Meine Tür ist immer offen, kommen Sie einfach rein.«
Sie deutete ein kleines Winken an, er winkte zurück und verschwand im Haus.
Drinnen stellte er seine Sachen ab und ließ sich auf einen Stuhl sinken. Stille. Er lauschte, wie er es so oft tat. Er vernahm ein Rieseln. Der Sand.

3

Von fern hörte Ben ein Rufen. Es galt ihm. »Ben! Be-en!« Es war Trude. Ben richtete sich vorsichtig auf, kaum höher als zu einer Hocke. Dann versuchte er, so schnell wie möglich in Richtung der Stimme zu laufen, immer zwischen den Dünen Deckung suchend.

Er sah sie schon von weitem. Sie stand auf dem Nordstrandvej, einem sandigen Pfad, der sich wie ein Hohlweg durch die Dünen zog. Kurz bevor er Trude erreichte, stoppte er abrupt. Er nahm ihre gerunzelte Stirn und den ernsten Zug um die Mundwinkel wahr.

»Ben, was habe ich dir gesagt?«

Verlegen blickte er zu der schlanken Frau mit dem eisgrauen Bubikopf auf. Sie hatte sich einen meerblauen seidenen Schal um den Hals geschlungen.

»Ich soll in der Nähe des Hauses bleiben.«

Trude schien unschlüssig, ob sie erleichtert sein oder ihm erst mal den Kopf waschen sollte.

»Du weißt doch, die Strömung ist hier besonders gefährlich. Selbst Leute, die schwimmen können, dürfen hier nicht …«

»Ich geh ja nicht ins Wasser!«, unterbrach Ben sie.

»Und wenn jetzt Hendrik Bloemsvik einen Strandspaziergang gemacht hätte?«, fragte sie tadelnd. »Er führt hier jeden Tag seine Hunde aus, und wenn er mitkriegt, dass du dich hier ohne mich herumtreibst, dann hätte er wieder allen Grund, uns Ärger zu machen. Ben, verstehst du nicht? Solange du bei mir bist, habe ich die volle Verantwortung für dich. Leider mögen hier nicht alle, dass ich Kinder wie dich im Sommer aufnehme und ihnen schwimmen beibringe. Da sind in der Vergangenheit mal ein paar Sachen vorgefallen, und jetzt schauen sie eben genau hin.«

»Und wenn schon, ich kann doch viel schneller laufen als der.«

Trude kniff die Augen zusammen und fixierte ihn scharf.

»Du hättest dich also einfach umgedreht und wärst weggelaufen?«

»Klar!«, erklärte Ben großspurig.

»Und wer steht dann später vor meiner Haustür? Hendrik Bloemsvik!«

Es hieß, Bloemsvik stamme aus einer Skagener Fischerfamilie und sei früh zum Militär gegangen. Er sei Elitesoldat und später bei der Kongelige Livgarde, der Palastwache in Schloss Amalienborg, gewesen. Seit seiner Rückkehr war er der Leiter des Heimatmuseums, und ihm war das soziale Engagement von Trude ein Dorn im Auge. Vor allem, seit ihr letzter junger Feriengast eine exotische Muschel aus dem Museum hatte mitgehen lassen. »Dafür mache ich dich persönlich verantwortlich, Trude!«, hatte Bloemsvik getönt. Dabei hatte der Junge die Muschel auf Trudes Geheiß hin unversehrt und reumütig zurückgebracht.

Ben ließ den Kopf sinken. Trude ging in die Hocke und strich ihm liebevoll übers Haar.

Schließlich nahm sie ihn an der Hand und meinte: »Keine Trübsal blasen. Ich mach dir jetzt erst mal einen leckeren Kakao.«

Zwanzig Minuten später saß Ben an Trudes Küchentisch. Vor ihm stand eine große dampfende Tasse, in der Ben herumrührte. Trude machte gerade den Abwasch.

»Sieh mal, Ben, du bist hier, um schwimmen zu lernen. Und natürlich, damit du mal rauskommst aus eurer kleinen Wohnung in Hamburg. Deine Mutter kann ja leider nicht mit dir in den Urlaub fahren, sie braucht Ruhe. Das ist unsere Vereinbarung. Schwimmen ist eine wunderbare Sache, weißt du? Es ist wichtig, es zu können … für dein Leben, verstehst du?«

»Gab es schon mal Kinder, die es nicht geschafft haben?«, fragte Ben und zerdrückte mit dem Löffel ein Kakaoklümpchen.

Trude zögerte mit ihrer Antwort, aber Ehrlichkeit war ihr immer wichtig. »Ja, da gab es mal ein oder zwei Kinder, die hatten sehr große Probleme, mit anderen Dingen …«

»Aber ich habe doch auch große Probleme!«

»Wer sagt das?«

»Alle! Alle sagen das! Auch, dass meine Mama Probleme hat.«

Davon wusste Trude. Deswegen hatte sie Ben aufgenommen.

»Nun, Probleme sind da, um gelöst zu werden. Und ich finde, du bist hier, um eines deiner Probleme zu lösen: nämlich, dass du mit zehn Jahren noch nicht schwimmen kannst!«

Ben wurde jetzt trotzig: »Ich will aber nicht! Das Wasser ist auch so kalt!«

Trude seufzte. »Schau mal, viele Schwierigkeiten entstehen dadurch, dass wir etwas nicht können. Oder eben meinen, es nicht zu können. Du kannst es aber, wenn du nur willst! Ich kann dich natürlich nicht zwingen. Aber wenn du dich nicht bereit erklärst, schwimmen zu lernen, muss ich dich früher nach Hause schicken. Du bist jetzt schon seit einer Woche bei mir und weigerst dich immer noch, auch nur die Badehose anzuziehen.«

»Ich muss ja sowieso wieder hier weg, ob gleich oder in vier Wochen ist doch egal!«

Trude wusste, was er meinte, und es traf sie. Sie kannte den Vorwurf, auch von den anderen Kindern, die sie während der Som-

merferien bei sich aufgenommen hatte. Aber Trude war erfahren genug, um das Thema zu wechseln. Sie setzte sich zu Ben an den Küchentisch.
»Was hast du denn heute erlebt, du kleiner Ausreißer, erzähl mal!«
Ben schmollte. Trude legte den Kopf zur Seite.
»Da war dieser Mann …«, erwiderte Ben nur zögerlich.
»Was für ein Mann?«
»Na ja, ein Mann eben, ein Deutscher. Er hat mich angesprochen.«
»Was hat er denn gesagt?«
»Irgendetwas von Schiffen und der Nordsee und der Ostsee. Hab ich nicht so ganz verstanden.«
»Und dann?«
»Dann bin ich weggelaufen und hab mich in den Dünen versteckt.«
»Und der Mann?«
»Ist stehen geblieben. Dann hat er sich auf den Boden gesetzt und irgendwas gemacht.«
»Was denn?«
»Geschrieben, gemalt, so etwas halt.«
»Ach!«, rief Trude nun erleichtert aus, »*der* war das!«
»Wer?«
»Na, der Deutsche, der Großvaters Haus drüben gemietet hat. Theo heißt er. Wahrscheinlich ein Künstler. Einer dieser Maler, die immer wieder hierherkommen.«
»Und warum kommen Maler hierher?«
»Man sagt, es sei das Licht.«
»Aber Licht ist doch überall, wenn es nicht gerade Nacht ist.«
Trude lachte auf. Es war ein glockenhelles, fröhliches Lachen.
»Maler sehen das ein bisschen anders. Tatsächlich ist das Licht nicht überall gleich. Bei euch daheim in Hamburg, also in je-

der Großstadt, da ist das Licht anders. Da gibt es mehr Luftverschmutzung. Die verändert das Licht.«
Ben legte die Stirn in Falten und dachte angestrengt nach.
»Ja, es ist irgendwie anders … heller. Und wenn es ganz heiß ist, dann wird das Licht flüssig.«
»Flüssig?«, fragte Trude verblüfft und hob die Augenbrauen.
»Ja, wirklich. Von ganz weit weg sieht das aus wie Wasser.«
»Ach so. Jetzt weiß ich, was du meinst. Eine Luftspiegelung. In der Wüste kommt das oft vor. Manchmal, aber sehr selten, auch hier am Strand. Dafür muss es aber wirklich heiß sein.«
Ben schaute sie an und meinte dann mit tiefem Ernst: »Du weißt so viel. Du bist die klügste Frau, die ich kenne.«
Wieder lachte Trude ihr glockenhelles Lachen.
»Vielen Dank, du kleiner Charmeur, aber es gibt sicher noch ein paar klügere als mich. Ich war nur eine bescheidene Lehrerin.«
»Warum bist du keine Lehrerin mehr?«
Trude schaute Ben freundlich an.
»Ich bin zu alt.«
Ben war empört.
»Du bist doch nicht zu alt. Wer sagt das?«
»Mein Pass«, meinte sie trocken. »Ich bin zweiundsiebzig und deshalb schon, wie man so schön sagt, im wohlverdienten Ruhestand.«
»Zweiundsiebzig, so alt?«, fragte Ben ungläubig.
»Ich hab dir gesagt, du darfst mich alles fragen. Aber sei vorsichtig. Es gilt als unhöflich, eine Dame nach ihrem Alter zu fragen.«
»Oh, Entschuldigung …«, sagte Ben schnell.
»Papperlapapp. Woher sollst du es auch wissen? Deswegen sag ich es dir ja. Es ist wichtig, dass der Mensch jeden Tag lernt, nicht nur lesen, schreiben und das kleine Einmaleins.«

»Wärst du gerne weiter Lehrerin geblieben?«
»Oh, ja, aber wenn die Zeit gekommen ist …«
Sie kniff ein Auge zusammen.
»Und weißt du, die Sache hat ja auch etwas Gutes. Ich bin jetzt deine Schwimmlehrerin. Ist doch nicht schlecht, oder?« Und nach einer kurzen Pause: »Möchtest du noch einen Kakao?«
Ben nickte.

4 Theo öffnete die Reisetasche und nahm das Buch heraus, das ganz oben lag. Warum er es mitgenommen hatte, wusste der Teufel. Wollte er sich selbst quälen? Seine Finger fuhren über den Titel des Schutzumschlages: *Wenn die Ströme wärmer werden* von Professor Dr. Theobald Scherzinger. Jahrelang hatte er daran gearbeitet. Es war ein riesiger Erfolg geworden, hatte ihn über die akademischen Kreise hinaus bekannt gemacht und ihm sogar Geld eingebracht – und doch hatte dieses Buch ihm letzten Endes mehr geschadet, als dass es ihn weitergebracht hätte.
Ihm war etwas gelungen, von dem viele seiner Kollegen träumten: ein wissenschaftliches Buch mit steiler These, doch so zugänglich geschrieben, dass es auf der Bestsellerliste landete. Mit seinen Vorhersagen zum Klimawandel hatte er einen Nerv getroffen. Doch die Anfeindungen der Leugner des Klimawandels hatten nicht lange auf sich warten lassen, diese Leute hatten ihn zu einer Symbolfigur des Bösen stilisiert, in einem Ausmaß, mit dem er nicht gerechnet hatte. Man hatte ihn massiv bedroht, und nicht nur ihn, sondern auch seine Mitarbeiter am Institut, das er leitete.
So euphorisch die wissenschaftliche Welt ihn anfangs gefeiert hatte, so beharrlich suchten seine Neider Unstimmigkeiten in seinen Forschungsergebnissen – und fanden sie. In immer neuen Artikeln wurden vermeintliche Fehler in seinen Daten dargelegt. Am Anfang hatte Theo noch die Kraft gehabt, sich

dagegen zu wehren. »Jetzt erst recht«, hatte er sich gesagt. Menschen, die ihm viel bedeutet hatten, hatte er vor den Kopf und von sich weggestoßen, Hilfsangebote in den Wind geschlagen und schließlich bemerkte er, dass er ganz allein im Elfenbeinturm saß, verlassen von allen. Am Anfang glaubte er noch an die große Verschwörung gegen ihn, bis ihm schmerzlich und ausgerechnet von seinem ältesten und einzig verbliebenen Freund klargemacht wurde, dass er es selbst verbockt hatte. Sein Stolz und sein Ehrgeiz hatten es nicht zugelassen, Hilfe anzunehmen. So war er zum Außenseiter geworden – so, wie er es schon zu Schulzeiten gewesen war. Das Gefühl kannte er.
Im Laufe der Zeit ließ seine Kraft immer mehr nach. Er wurde unkonzentriert, machte Fehler, wurde gereizt und dadurch noch unkonzentrierter und machte noch mehr Fehler.
Und dann machte er seinen größten. Ausgerechnet auf Bali, an einem Traumstrand, wo er einige Tage mit einem Forschungstrupp war, den er leitete. Nie hätte er diesen Tauchgang trotz schwieriger Strömungsverhältnisse durchsetzen dürfen. Sein Leichtsinn hatte zwei Menschen das Leben gekostet.
Danach bat er im Institut um unbefristeten, unbezahlten Urlaub. Kollegen mutmaßten, er arbeite bereits an einem neuen Buch. Sie konnten falscher nicht liegen. Er war ja kaum fähig, mehr als einen sinnvollen Satz zu schreiben.
Theo verschwand. Er verkroch sich. Er begann, alte Filme zu schauen, die ihn von dem ganzen Ärger ablenkten und in deren Nostalgie er sich wohlig fallenlassen konnte. Klassiker mit Schauspielern, deren Name zum Mythos geworden war, Humphrey Bogart, Kirk Douglas, Gregory Peck, Spencer Tracy. Schauspielerinnen, die das Wort Diva noch als Auszeichnung und nicht als Makel trugen – Sophia Loren, Elizabeth Taylor, Ingrid Bergman, Katharine Hepburn. *Citizen Kane* fesselte ihn, bei *Casablanca* sprach er die Dialoge laut mit, er litt

mit Gregory Peck in *Wer die Nachtigall stört* – und dann kam Kirk Douglas in *Lust for Life*, in dem Douglas den Maler Vincent van Gogh verkörpert. Der Bruder von Vincent hieß Theo – und er begriff. Das war es. Die Malerei. Das Malen hatte ihn schon damals in der Schule, als alle ihn ständig wegen seiner guten Noten hänselten, gerettet. Wenn er gezeichnet hatte – wilde Haie, riesige Kalmare, leuchtende Korallenriffe – versank er ganz in dieser fremden Welt der Tiefsee. Und schon damals war in ihm der Wunsch laut geworden, ganz in dieser Welt aufzugehen.

Tags darauf machte er sich auf den Weg und kaufte Pinsel und Farben. Erst begann er einfach draufloszumalen. Dann besorgte er sich Bücher, verbiss sich in sie wie einst in seine wissenschaftlichen Werke, lernte den richtigen Einsatz von Licht und Farben und wie er Perspektive und Proportionen berücksichtigen musste.

Und nach einigen Wochen war ihm klar: Er musste raus aus der Stadt, am besten wieder ans Meer, mit ihm kämpfen, mit dem Ungetüm, das in Bali sein Leben zerstört hatte. Er wollte wieder an einen Ort, wo die Meere sich treffen, denn das war ein, vielleicht *der* Ausgangspunkt seiner Forschung gewesen.

Er fand den Ort: den Grenen. Hinter dem Namen verbarg sich jene sandige Landzunge, die wie ein Dolch ins Meer sticht, der Nord- und Ostsee teilen will.

Er betrachtete es als Wink des Schicksals, als er auf der Karte dort ein Kunstmuseum entdeckte. So begann er, sich mit den Skagen-Malern zu beschäftigen. Einige Wochen später fühlte er sich so weit gerüstet, dass er seine Siebensachen zusammenpackte und sich auf den Weg ans Skagerrak machte.

Es begann zu dämmern. Hatte Trude ihm nicht empfohlen, sich den Sonnenuntergang über der Nordsee anzusehen? Der

Weg über die Düne schien ihm zu lang und zu beschwerlich. Vermutlich wäre die Sonne längst untergegangen, bis er den Strand erreicht hatte.
Er nahm den Wagen und fuhr den knappen Kilometer. Wie ein glutroter Ball stand die Sonne direkt über dem Horizont. Er stellte das Auto ab und setzte sich wenige Meter vom Wasser entfernt in den Sand, um der Sonne bei ihrem Verschwinden zuzusehen. Eine zutiefst friedliche Stimmung umfing ihn.
Die Sonne neigte sich immer tiefer und warf nun glühend rote Streifen auf das Wasser. Die weißen, weiten Wellen, von der Flut gedrängt, schäumten und rollten näher und näher – Theo schloss die Augen. Das vertraute Rauschen des Meeres.
»Ist das Ihr Wagen?«, hörte er plötzlich eine etwas ruppige Frauenstimme auf Deutsch fragen. Theo drehte sich um. Hinter ihm hatte sich eine Polizistin aufgebaut. Sie musste sein deutsches Kennzeichen gesehen haben.
»Ja. Stimmt etwas nicht?«

»Haben Sie das Schild nicht gesehen?«, fragte sie unwirsch und deutete auf ein Verkehrsschild, das etwa zwanzig Meter vom Wagen entfernt stand.
»Offen gestanden nicht«, entgegnete Theo freundlich.
»Warum wohl stellen wir diese Schilder auf? Für die dummen einheimischen Dänen? Sie dürfen hier nicht parken! Gehören Sie etwa zu diesen Touristen, die glauben, sie könnten sich alles erlauben, nur weil sie hier ihr Geld ausgeben?«
»Nein, überhaupt nicht. Ich bin auch kein Tourist.«
»Sondern?«
»Ich bin … ich bin Maler.«
Sie seufzte.
»Noch einer von der Sorte. Was gibt's hier schon zu malen? Wasser! Was haben wir hier, was es an anderen Stränden auf dieser Welt nicht gibt? Wasser ist immer gleich und die Sonne ist auch immer dieselbe.«
»Na, das Licht?«
»Das Licht … das also schon wieder.« Sie klang resigniert. »Ich schreibe Ihnen erstmal einen Strafzettel. Dann wird Ihnen schon ein Licht aufgehen, nämlich, wo sie parken dürfen und wo nicht.«
Die Polizistin zückte einen Block und begann zu kritzeln. Dann riss sie das Blatt ab.
»Was kostet das?«
»Vierhundert Kronen!«
Theo kramte das Geld hervor und hielt der Polizistin die Scheine hin.
Sie begann plötzlich zu würgen, eilte zum Straßenrand und übergab sich. Da erst bemerkte Theo ihren Bauch.

5

Seit Trude ihm von den Malern erzählt hatte, sah Ben Skagen und den Grenen mit ganz anderen Augen.
Das Licht! Er sog es in sich auf wie die frische Meeresbrise. Maler müssten ja so etwas wie Zauberer sein, dachte er sich, und es dauerte keinen Tag, da stand für ihn eines felsenfest: Wenn er schon nicht schwimmen konnte, so wollte er wenigstens Maler werden!
Und so versuchte er es zunächst mit einem Blatt Papier und einigen Buntstiften. Aber so sehr er sich auch bemühte – alles, was er malte, sah nicht so aus, wie es sollte.
Er hatte in einem der Bücher, die Trude ihm gegeben hatte, ein Bild entdeckt mit dem Titel: *Fiskere trækker vod på Skagen Nordstrand*, was, so hatte sie ihm übersetzt, so viel hieß wie: *Die Fischer holen am Nordstrand von Skagen die Netze ein.* Es hing sogar hier in Skagen im Museum.
So etwas wollte Ben nun auch malen. Doch irgendwie gelang es ihm nicht. Seine Fischer standen ungelenk da, und das Wasser war einfach nur eine langweilige blaue Fläche. Trude riet ihm, erst einmal mit etwas Kleinerem zu beginnen. Die Kolossalgemälde könnten dann später kommen. Ben seufzte und entschloss sich, Trudes Rat zu befolgen. Doch nicht mal ein Spielzeugauto kriegte er richtig hin.
Schließlich fiel sein Auge auf diese seltsame, schneckenförmige Muschel, die er kürzlich am Strand gefunden hatte. Er stellte

sie auf den kleinen Schreibtisch in seinem Zimmer und versuchte, sie zu malen. Doch als er fertig war, stimmte nichts. Alles war irgendwie krumm und schief, völlig verzerrt, an manchen Stellen war die Muschel zu breit, an anderen zu schmal geraten.

Wie sollte er jemals ein Maler werden, wenn er schon an einer einfachen Muschel scheiterte? Und sie war wirklich schön, viel schöner als alles, was er je hier am Strand gefunden hatte. Eine öde Miesmuschel hätte Ben weder mit nach Hause genommen noch hätte er versucht, sie in einem Gemälde zu verewigen.

Er musste anders an die Sache herangehen. Der Fremde vom Grenen fiel ihm wieder ein. Vielleicht könnte der ihm helfen? Er schien Deutscher zu sein, wie er. Um malen zu lernen, brauchte er einen Maler, und der Fremde war der einzige Maler, den er kannte, wenn er denn wirklich einer war. Aber vielleicht hatte er gar nicht gemalt, sondern nur die Schiffe gezählt, die durchs Skagerrak fuhren. Doch warum sollte jemand Schiffe zählen?

Er würde ihn bitten, die Muschel abzumalen. Wenn er es konnte, war er tatsächlich ein Maler.

Am Nachmittag stahl Ben sich aus dem kleinen blauen Haus am Nordrand von Skagen und hatte schnell die Dünen erreicht. Er nahm den Nordstrandvej bis zum Ende der Hügel. Vor ihm erstreckte sich die ebene sandige Fläche, die in der Spitze im Norden endete.

Schon von weitem konnte Ben sehen, dass der Fremde wieder am Strand saß und etwas auf einen Block zeichnete. Vorsichtig wagte Ben sich hinter den Dünen hervor. Möglichst lautlos näherte er sich dem Mann, der ganz in seine Beschäftigung vertieft war. Ben konnte ihm schon beinahe über die Schulter blicken.

Er räusperte sich und fragte: »Können Sie mir das bitte malen?«

Theo fuhr erschrocken herum. Als er Ben sah, lächelte er freundlich. Ben streckte ihm die Muschel entgegen.
»Aber sicher doch.«
Theo nahm überrascht die Muschel, wiegte sie kurz in seiner Hand und hielt sie dann gegen das Licht.
»Du weißt, was das ist?«
»Na klar, eine Muschel«, erwiderte Ben selbstbewusst.
»Das scheint nur so. Es ist ein Perlboot, ein Nautilus.«
»Aha«, sagte Ben etwas ratlos. Er hatte weder Ahnung, was ein Perlboot, noch, was ein Nautilus war.
»Wo hast du das her?«, wollte Theo wissen.
»Na, von hier, ich habe es am Strand gefunden.«
»Wirklich? Das wundert mich, denn diese Tiere kommen eigentlich nur in warmen Meeren vor, in der Südsee.«
»Ich lüge nicht!«, rief Ben entrüstet und riss seinen Schatz wieder an sich.
»Nein, das meinte ich gar nicht ... vielleicht hat sich dieser Nautilus einfach verirrt, das kann ja mal passieren. Außerdem hat jeder Nautilus ein Geheimnis. Wenn man genau hinhört, dann kann man das Rauschen des Meeres dadrin hören. Versuch es mal.«

Ben hielt sich die Öffnung der spiralförmigen Schale ans Ohr. Tatsächlich rauschte es. Doch plötzlich legte er die Stirn in Falten und fragte: »Aber welches Meer?«
»Was meinst du?«
»Na, da ist die Nordsee«, sagte Ben ernst und deutete nach Westen, »und da ist die Ostsee«, und deutete in die andere Richtung. »Welches Meer steckt jetzt dadrin?«

Theo überlegte. Zögernd meinte er: »Wenn sich der Nautilus verirrt hat, dann ist es vielleicht die Südsee, die wir dadrin hören.«
Ben riss vor Überraschung die Augen auf, doch dann schüttelte er vehement den Kopf.
»Nein, das glaube ich nicht, ich habe nämlich noch drei andere gefunden. Die habe ich aber versteckt.«
»Noch andere? Solche?«
Ben nickte stolz.
Plötzlich hörten sie eine Stimme hinter sich: »Ben, was habe ich dir gesagt?« Dann stand Trude vor ihnen und erkannte Theo.
»Ach, Sie sind's. Sie müssen wissen, der Junge soll nicht einfach alleine rausgehen, ohne mir Bescheid zu sagen«, sagte Trude entschuldigend.
»Kein Problem. Also, Ben heißt du?«, wandte Theo sich dem Jungen zu.
Ben nickte.
»Ich bin Theo.«
Dann entdeckte Trude die Nautilusschale.
»Wem gehört die?«, fragte sie streng.
»Die hab ich gefunden!«, verteidigte sich Ben.
Trude schaute Theo misstrauisch an und wandte sich dann wieder an Ben: »Also, wir gehen jetzt nach Hause und dann erklärst du mir mal, woher du sie hast!«
Sie nahm Ben an der Hand, und ohne sich richtig zu verabschieden, ließen sie Theo sitzen.
Ben versuchte zu erklären: »Ich wollte doch nur, dass er mir zeigt, wie man eine Muschel malt.«
»Und? Hat er es getan?«
»Nein, er hat gesagt, es sei gar keine Muschel. Es ist ein Boot oder so.«

»Da hat er recht«, brummte sie und blieb stehen: »Ein Perlboot. Hat er dir das gegeben?«
Ben senkte den Kopf und fühlte sich plötzlich schuldig. »Ich habe es gefunden, ehrlich. Dahinten am Strand.«
Trude zog ihn weiter mit sich, bis sie den Nordstrandvej erreicht hatten, erst dann verlangsamte sie ihre Schritte.

Theo blieb betroffen zurück. Er hatte ein schlechtes Gewissen, obwohl er sich keiner Schuld bewusst war. Immerhin war der Junge ja zu ihm gekommen. Und Trude? War der Junge ihr Enkel, der bei ihr die Ferien verbrachte? In jedem Fall war es ja richtig, dass sie gut auf den Jungen achtgab.
Dann fiel ihm der Nautilus wieder ein. Zunächst hatte er geglaubt, der Junge lüge ihn an, als er behauptete, die Schale hier am Strand gefunden zu haben. Wahrscheinlich wollte er nicht zugeben, dass er sie irgendwo gestohlen hatte. Doch als Ben erzählte, er habe noch drei weitere gefunden, wurde Theo hellhörig. Wie sollten die Schalen von Perlbooten hier oben am Skagerrak angespült worden sein? Das ergab doch keinen Sinn.
Theo dachte nach. Wenn man einen Experten zu Rate hätte ziehen wollen, um dieses Rätsel zu lösen, dann wäre man unweigerlich auf ihn selbst gekommen. In seinem Kopf begann es zu rattern wie in einer alten Rechenmaschine. Der Grenen verschwamm vor seinen Augen, die beiden Meere verbanden sich, und in seiner Vorstellung breitete sich eine riesige Weltkarte aus, in denen sich die Ströme der Weltmeere bewegten, rot die oberen, warmen und blau die kalten Tiefenströmungen.
Die Rechenmaschine in seinem Kopf ersetzte Zahlen und Variablen und mit jeder Veränderung veränderten sich auch die Ströme. Der Golfstrom wurde langsamer und kühler, dann wieder schneller und wärmer, Nebenströme zweigten ab, andere

versiegten, immer kühner wurden seine Überlegungen und je kühner sie wurden, desto mehr stiegen Angst und Zweifel in ihm auf. Wenn es stimmen sollte, dass hier Schalen der urzeitlichen Tiere angespült worden waren, dann könnte das bedeuten, dass nicht nur er, sondern alle seine Kollegen ihre Berechnungen über Bord werfen mussten und die Katastrophe viel näher war, als bislang gedacht.

Natürlich wäre es auch möglich, dass es sich um eine neue, bislang unentdeckte Art aus dem Atlantik handelte, auch wäre es denkbar, dass es eine unbekannte Kaltwasserform der Kopffüßer war, doch eines konnte sich nicht ändern: die Physik. Weder Nordsee noch Ostsee waren tief genug, dass sich dort Nautilusse, egal in welcher Form, ansiedeln konnten. So oder so: Sie mussten aus den Tiefen des Atlantiks gekommen sein.

Ohne Regung ruhte das Meer jetzt vor ihm. Nur eine riesige glatte Fläche ringsumher, keine Welle regte sich. *Tiefe Stille herrscht im Wasser*, dachte Theo. *Todesstille*. Er schrak auf.

Er packte seinen Skizzenblock ein. Nach Zeichnen war ihm jetzt nicht mehr zumute. Da war er weit bis in die dänische Einsamkeit gereist, um nicht mehr an Meeresbiologie zu denken, und wurde nun doch wieder von seinem Forschungsdrang eingeholt.

Mit schweren Schritten ging er am Ufer entlang, bis er zum Parkplatz gelangte. Er startete den Wagen und gab so viel Gas, dass die Reifen kurz durchdrehten. Er wollte so schnell wie möglich zurück, nur fort vom Wasser. Vielleicht musste er hier alles abbrechen und wieder ins Institut. Der Gedanke ließ ihn erschaudern.

Doch kaum, dass er auf der Hauptstraße in Richtung des Sanduhrhauses unterwegs war, hielt ihn ein Polizeiwagen an.

Aus dem Wagen stieg die schwangere Polizistin aus, so zügig, wie ihr Bauch es eben zuließ. Gemächlich kam sie auf Theos

Wagen zu und bedeutete ihm, auszusteigen. Er seufzte, fügte sich aber.
»Sie haben es ja eilig – jagen Sie dem Licht hinterher?«, fragte sie spöttisch.
»Nun ja, ich …«
»Sie waren zu schnell.«
»Oh? Um wie viel?«
»Weiß ich nicht, ich bin kein Blitzer.«
»Woher wissen Sie dann, dass ich zu schnell war?«
»Erfahrung. Wenn Sie hier im Urlaub sind, warum haben Sie es dann so eilig?«
Theo überlegte kurz, ob er der Polizistin einen Vortrag über das Thema Erderwärmung und die daraus resultierenden Veränderung der Meeresströme halten sollte, doch ihm wurde im selben Moment klar, wie absurd das war, und er musste lächeln.
»Finden Sie das etwa lustig?«, fragte sie.
Ihre Stimme klang aber eher matt denn angriffslustig. Theo fiel auf, dass sie ziemlich bleich war. Die Polizistin strich ihr blondes Haar zurück, und ihre helle Haut gab ihr etwas Engelhaftes. Theo erschien sie jetzt verletzlich.
»Geht es Ihnen nicht gut? Kann ich Ihnen irgendwie helfen?«
»Nur, wenn Sie mein Kind austragen wollen. Warum tut ihr Männer immer so, als sei eine Schwangerschaft eine Krankheit? Eine Schwangerschaft ist keine Krankheit, sondern ein körperlich unerfreulicher Zustand. Dazu gehört eben auch, dass man sich manchmal übergibt.«
»Entschuldigen Sie, ich wollte Ihnen nicht zu nahetreten.«
»Das tun Sie auch nicht. Vorausgesetzt, Sie halten sich in Zukunft an die Regeln. Und nun machen Sie, dass sie davonkommen. Sonst muss ich Sie noch aufschreiben.«
Theo nickte ihr zu und ließ den Motor an. Im Rückspiegel verschwand die Polizistin aus Theos Blick.

6 Am nächsten Morgen machte sich Theo zum Zentrum des Städtchens auf. Er stellte seinen Wagen auf einen öffentlichen Parkplatz und lief gutgelaunt Richtung Ortskern.
Die Stimmung der Stadt mit ihren charakteristisch gelb gekalkten Häusern, roten Ziegeldächern und weiß gestrichenen Fenstern hatte etwas Besonderes. Seit jeher strichen die Menschen in Skagen ihre Häuser in dieser besonderen Farbe: »Skagengul«, also »Skagen-Gelb«, wurde sie genannt.
Sie leuchtete komplementär zum blau gesättigten Himmel. Kein Wunder, dachte Theo, dass an dieser Spitze des europäischen Kontinents ein Künstlerkollektiv das einzigartige Licht entdeckte und die damals kleine Fischergemeinde aus sämtlichen Perspektiven und bei unterschiedlichsten Wetterverhältnissen auf die Leinwand bannte.
Das Licht war immer noch spektakulär, aber heute gehörte Skagen zu den beliebtesten Badeorten Dänemarks. Skagen war in zwei Teile geteilt: Die Altstadt war das historische Zentrum, während die Neustadt ein modernes Viertel mit Hotels, Restaurants und Geschäften war. Hauptsächlich waren dort Kleidergeschäfte untergebracht, in den Querstraßen reihten sich Kneipen aneinander und ein Blumengeschäft.
Theo setzte sich in ein Café mit Meerblick und genoss das Treiben. Er lauschte verschiedenen skandinavischen Sprachen, auch viele deutsche und französische Touristen schienen zu

Gast zu sein. Das Meer glitzerte im morgendlichen Schein, und über dem Wasser stiegen die Möwen auf und ab. Blinzelnd folgte Theo einem Vogel, der sich für einen Moment auf das Wasser setzte und sich von den Wellen schaukeln ließ. Theo dachte an die gestrige Begegnung mit Ben und an das Perlboot. Er beschloss, Trude einen Besuch abzustatten, und bestellte die Rechnung.

Das kleine blaue Haus verbarg sich hinter hohen Hecken und Bäumen und bildete einen scharfen Kontrast zu den nagelneuen schmucken Villen in ihren hellen Farben und mit ihren gepflegten Vorgärten. Theo trat mit klopfendem Herzen durch die Gartentür. An der Haustür fehlte jeder Klingelknopf.
Er klopfte. Sekunden später öffnete Trude.
»Theo? Ist was mit dem Haus?«
»Ich wollte mich entschuldigen.«
»Ich dachte auch nicht, dass Sie mir einen Heiratsantrag ma-

chen wollen.« Sie schmunzelte. »Wofür wollen Sie sich denn entschuldigen? Haben Sie das Haus verwüstet?«
»Nein, wegen gestern, mit dem Jungen am Strand. Ben, nicht? Ich hatte den Eindruck, es war Ihnen nicht recht, dass wir uns unterhalten haben.«
»Ach so, deswegen. Sie müssen wissen, er ist ein Gastkind. Aber kommen Sie doch erstmal rein.«
Sie machte ihm Platz und wies ihm den Weg in die Küche. Der kleine Raum war funktional, aber doch gemütlich eingerichtet. In der Mitte stand ein runder Holztisch mit vier Stühlen.
»Setzen Sie sich doch.«
»Danke Ihnen. Ach so, Ben ist also nicht ihr Enkel?«
»Nein. Ich nehme im Sommer immer ein Gastkind bei mir auf. Ich bringe ihnen schwimmen bei. Die Kinder kommen aus schwierigen Verhältnissen. Ich muss sie im Blick behalten. Manche von ihnen sind ziemlich … nun ja … wild. Da kommt es schonmal zu Streit oder gar Handgreiflichkeiten mit einheimischen Kindern, einer hat auch mal etwas mitgehen lassen. Alles nicht wirklich dramatisch, aber in einem Badeort wird das natürlich nicht gern gesehen. Ich habe deshalb ein scharfes Auge auf die Kinder.«
»Auf mich wirkte Ben eigentlich ganz nett.«
»Ja, er ist eher ein Ruhiger und kein Raufbold, ich habe ihn gerne hier. Er hat es nicht leicht. Die Mutter ist allein mit ihm und hat psychische Probleme. Sie gibt sich Mühe, hat aber oft kaum Kraft, sich um Ben zu kümmern. – Und Sie, was wollen Sie hier in Skagen? Sie sind doch nicht nur wegen des Malens hier, oder?«
»Nein, ich bin Wissenschaftler.«
Sie stützte die Ellenbogen auf den Tisch, legte das Kinn auf die gefalteten Hände und schwieg.

»Also mit dem Malen … offen gestanden, ich fange eigentlich gerade erst an.«
»Aha«, sagte sie nur. Theo fühlte sich unwohl. Er hatte den Eindruck, examiniert zu werden.
»Mit dem Malen versuche ich … na ja, es soll ein Ausgleich sein. Ich fühle mich ein wenig ausgebrannt. Und hier in dieser Ruhe am Ende der Welt …«
»Verstehe, erzählen Sie ruhig.«
»Ich kann jetzt nicht von mir behaupten, dass ich ein großer Maler wäre, dass ich überhaupt einer wäre. Ich probiere mich hier aus.«
»Warum hier? Warum nicht in den Alpen? Warum keinen röhrenden Hirsch am Bergsee malen, ist doch auch schön.«
»Das Wasser.«
»Das Wasser?«
»Ich bin Meeresbiologe. Wasser ist mein Element.«
»Der Junge. Sie haben ihm etwas von Schiffen erzählt, bei Ihrer ersten Begegnung.«
»Er war so …«
»Was?«
»Er zitterte.«
»Das haben Sie gesehen?«
»Vielleicht mehr gespürt. Es ist die Mischung aus Angst und Faszination, ich kenne das. Man fühlt sich angezogen von diesem unfassbaren Element, und gleichzeitig fürchtet man es.«
»Es ist das Trauma«, sagte sie trocken.
»Der Junge hat ein Trauma?«
»Das wissen Sie doch, oder? Das wissen Sie, seit sie ihn zum ersten Mal gesehen haben.«
»Woher soll ich das …«
»Weil Sie …« Trude zögerte kurz: »Weil Sie ein ähnliches Trauma haben! Sonst hätten Sie das von Ben nicht gespürt.«

»Ich …?«
»Sie haben nie jemandem davon erzählt?«
Theo schwieg, er ließ den Kopf sinken und biss sich auf die Unterlippe.
»Vielleicht wäre es an der Zeit?«, fragte sie nun sanft und griff mit ihrer Rechten nach seiner linken Hand. Vorsichtig tätschelte sie seinen Handrücken.
»Sie haben niemanden, dem Sie davon erzählen können?«
Theo schüttelte den Kopf.
»Dann erzählen Sie es mir.«
Theo holte Luft und begann.
»Es war vor zehn Monaten. Ich forschte mit einem Team in der sogenannten Lombokstraße, das ist eine Meerenge, die zwischen Bali und Lombok verläuft. Die Tier- und Pflanzenwelt dort ist außergewöhnlich. Mondfische, Mantas, alles Mögliche kommt dort vor. Für Meeresbiologen ist das ein Paradies. Wir waren zu fünft. Der Ort ist für seine wechselnden Strömungsverhältnisse bekannt und gefürchtet. Eine erfahrene Kollegin hatte große Bedenken, aber ich …«
Theo schluckte.
»Ich war der Leiter. Wir waren alle erfahrene Taucher, kannten den Ort und ich dachte, wir würden zurechtkommen. Doch schon beim Abtauchen wurde mir klar, dass ich einen schwerwiegenden Fehler gemacht hatte. … Zwei meiner Kollegen sind gestorben. Ich kannte sie sehr gut …« Für einen kurzen Moment schien es, als könne Theo nicht weitersprechen. Er blickte Trude an.
»Jedenfalls, tauchen kann ich nicht mehr. Jedes Mal, wenn ich unter Wasser will, überkommt mich Panik. Selbst schwimmen schaffe ich nicht.«
Die beiden schwiegen. Nur das leise Ticken einer Wanduhr war zu hören. Schließlich sog Trude die Luft ein und meinte: »Ich

werde Ihnen die Geschichte von Ben heute nicht erzählen. Ein Trauma am Tag reicht. Sie müssen erst mal mit sich selbst fertigwerden.«
Trude lächelte.
»Aber von mir aus darf er Ihnen gerne mal beim Malen zusehen, sofern Ihnen das recht wäre. Ich glaube, da ist er ganz neugierig.«
»Wenn ich Ihnen und Ben irgendwie helfen kann …«, meinte Theo unsicher und ließ den Rest des Satzes in der Luft hängen. Er runzelte die Stirn. »Da ist noch etwas. Ben hatte eine Nautilusschale dabei, ein Perlboot. Er sagte, er habe es am Strand gefunden und es gäbe noch mehr davon. Aber im Grunde ist das unmöglich, sie kommen nur in der Südsee vor, das Wasser hier ist doch viel zu kalt.«
Trude zuckte zusammen. Sie stand abrupt auf.
»Verzeihung, Theo, ich glaube, wir haben für heute genügend Geheimnisse aufgedeckt. Und manche Dinge sollten vielleicht auch nie aufgedeckt werden. Ich hoffe, wir sehen uns bald wieder einmal.«
Theo stand ebenfalls auf und fühlte sich plötzlich befangen.
»Vielen Dank … fürs Zuhören.«
Die beiden verabschiedeten sich. Theo hatte sich Trude anvertraut, eigentlich wusste er nicht recht, wieso. Auf dem Rückweg machte Theo halt, um auf die spiegelglatte Fläche des Meeres zu schauen. Unter dieser glatten Decke liegen viele Geheimnisse, dachte er.

7

Ben wusste nicht, was Trude zu dem Sinneswandel veranlasst hatte, aber er war froh, dass er den Fremden wiedersehen durfte. Schließlich hatte er hier niemanden außer Trude. Er heiße Theo, hatte Trude gesagt, und dass er tatsächlich ein Maler sei, aber ein Anfänger.

Vielleicht würde er den Nautilus gar nicht malen können. Er schob den Gedanken beiseite. Er lief den Nordstrandsvej hinunter bis in die Dünen, doch als er sie hinter sich gelassen hatte, stellte er zu seiner Enttäuschung fest, dass niemand an der Spitze des Grenen zu sehen war.

Im Sommer tummelten sich eigentlich jeden Tage Hunderte von Menschen hier, aber an diesem bedeckten Tag war der Ort seltsamerweise wie ausgestorben.

Traurig trottete Ben über die Sandfläche bis zur Landspitze, wo sich Nord- und Ostsee trafen. Wieder begann sein Herz schneller zu schlagen, so wie jedes Mal, wenn er in die Nähe eines großen Wassers kam. Bilder mischten sich dann mit Gefühlen und Gefühle mit Klängen und eines war bedrohlicher als das andere. Er hörte in seinem Kopf den Motor eines Bootes dröhnen, das nicht vom Fleck kam und in einen Strudel und dann in die Tiefe gezogen wurde. Es war dieses Bild, das ihn manchmal bis in den Schlaf verfolgte.

Er stand an der Spitze des Grenen und starrte auf die beiden Meere, das eine grau, das andere grün. Die Wellen, die dort

aufeinandertrafen, zeichneten merkwürdige Muster. An manchen Tagen, so hatte er gehört, würde man hier oben am Grenen sogar quadratische Wellenmuster sehen. Ben konnte sich nicht vorstellen, wie das aussehen sollte. Was würde ein Schiff machen, das von vier Wellen praktisch umzingelt war? Vielleicht war das Boot damals ja auch von den Wellen umzingelt gewesen?
Ben begann zu zittern, wie jedes Mal, wenn er zu lang hinaus aufs Wasser sah. Er hätte sich abwenden können, davonlaufen – hätte er das? Das Wasser zog ihn an wie ein Magnet. So sehr er sich vor dem Ungetüm fürchtete, so sehr faszinierte ihn das Meer, seine schiere Größe, seine Unendlichkeit und seine Unergründlichkeit. Was für Wunder mochten sich in der Tiefe verbergen, jenseits der Wasseroberfläche. Doch diese Welt würde ihm für immer verborgen bleiben. Er konnte ja noch nicht einmal schwimmen. Und Ben wusste, dass er es niemals lernen würde, zu groß war seine Angst vor dem Wasser.
Sein Herz raste. Er versuchte, seine zitternden Hände festzuhalten, und krallte sie um die Schale des Nautilus. Ihm fiel ein, was Theo gesagt hatte. Er nahm das schneckenförmige Gehäuse und hielt es ans rechte Ohr. Das sanfte Rauschen drang in seinen Kopf. Es hatte gar nichts Bedrohliches, im Gegenteil, es war friedlich und beruhigend. Das Zittern ließ nach und Ben sog einen tiefen Zug der frischen Meeresbrise in seine Lungen.

8

Theo konnte die kleine Gestalt schon von weitem erkennen. Diesmal wollte er ihn nicht erschrecken und rief deshalb: »Ben! Ben!«
Der Junge reagierte nicht. Als Theo näher kam, sah er, dass Ben die Schale des Nautilus an sein Ohr hielt und verzückt auf das Meer hinaus starrte. Theo rief erneut nach ihm, und schließlich drehte der Junge sich um.
Er winkte Theo begeistert zu. »Es klappt, es klappt!«, rief er.
»Was klappt?«
»Ich höre die Südsee!«, sprudelte er hervor.

Theo schmunzelte. Dann biss Ben sich auf die Unterlippe.
»Weißt du … ich hab eigentlich Angst vor dem Meer. Große Angst. Aber dann habe ich Bilder von der Südsee gesehen. Sie ist schön. Und du hast mir gesagt, dass dadrin das Rauschen der Südsee steckt. Und das stimmt. Ich habe reingehört und plötzlich war alles so friedlich.«
Theo schluckte und wusste nichts darauf zu erwidern. Er hätte nicht geglaubt, dass Ben es so beeindrucken könnte, als er gesagt hatte, man höre in der Schale das Meer rauschen. Schließlich meinte er nachdenklich: »Du hast mir erzählt, dass du den Nautilus hier am Strand gefunden hast. Und du hast gesagt, es gäbe mehr davon. Magst du sie mir zeigen?«
»Ja, natürlich!«, rief der Junge aufgeregt.

Er zerrte Theo am Arm mit. Sie gingen einige Zeit an der Nordsee entlang, bis der Strand schmaler wurde und die Dünen näher rückten. Schließlich bog Ben ab und strebte auf die Dünen zu. Als er die erste erreicht hatte, schaute er nach links, dann nach rechts und entschied sich für rechts. Nach einigen Metern blieb er stehen und kniete sich auf den sandigen Boden am Fuß einer kleinen Düne. Daneben stand ein Warnschild.

Mit den Händen schob er Sand zur Seite und schließlich kam ein weiterer Nautilus zum Vorschein. Er reichte ihn Theo. Dieser musterte ihn genau, hielt ihn gegen die fahle Sommersonne und begutachtete die Zeichnung der Schale. Dann verglich er sie mit der anderen. Er brummte etwas Unverständliches.

Ben begann weiterzugraben und brachte noch zwei weitere Schalen zum Vorschein. Wieder unterzog Theo sie einer gründlichen Inspektion. Er hatte sich vor seinem Tauchunfall intensiv mit Kopffüßern beschäftigt, allerdings hauptsächlich mit Tintenfischen, also Oktopoden und Cephalopoden, mit Kraken und Kalmaren.

Auch der Nautilus war ein Kopffüßer, aber in der Meeresbiologie eher ein Stiefkind. Kraken waren die Lieblinge der Wissenschaftler, weil sie zu den intelligentesten Tieren überhaupt zählten. Kalmare übten eine große Faszination aus, weil sie gewaltige Größen erreichen konnten. Das beflügelte die Fantasie mancher Forscher, die fest daran glaubten, dass in den Tiefen der Meere Riesenkalmare mit Spannweiten von über fünfzig Metern lebten.

Der Nautilus dagegen hatte ein hübsches Gehäuse – mehr aber auch nicht. Dafür blickte der schneckenhafte Vetter der Tintenfische auf einen der längsten Stammbäume zurück. Seine direkten Vorfahren gehörten vor vielen Millionen Jahren zu den am weitesten verbreiteten Arten. Im Kalk und im Schiefer der deutschen Mittelgebirge war es ein Leichtes, Ammoniten zu finden. Theo erinnerte sich an einen Großonkel, der seine ganze Familie jedes Wochenende zu einem Schieferbruch am Rande der Schwäbischen Alb gefahren hatte, wo er und seine drei Kinder stundenlang mit kleinen Hämmerchen Schieferplatten spalteten.

Theo konnte sich noch gut daran erinnern, wie er die goldfarbenen Schneckenhäuser auf dem schwarzen, glatten Schiefer bewundert hatte, wenn er mit seinen Eltern den Großonkel besuchte. Die ganze Wohnung war mit solchen Versteinerungen angefüllt. Damals war er zum ersten Mal einem Nautilus begegnet. Ob das dazu beigetragen hatte, dass er Meeresbiologe hatte werden wollen? Eher nicht. Wenn, wäre er wohl eher Archäologe geworden.

Als er alle Schalen intensiv miteinander verglichen hatte, schüttelte er den Kopf. Er hatte noch die Hoffnung gehabt, dass die

Schalen vielleicht einen Hinweis auf eine bislang unbekannte Kaltwasserart des Nautilus geben könnten. Doch soweit er es beurteilen konnte, musste es sich um eine pazifische Art handeln.
»Was ist nun?«, fragte Ben ungeduldig.
»Das Einzige, was ich einigermaßen sicher sagen kann, ist, dass sie nicht von hier sind.«
»Von wo kommen sie dann?«
»Melanesien, Salomonen, Samoa vielleicht …«
»Was?«
Theo hatte völlig vergessen, dass er mit einem Zehnjährigen sprach. Er beeilte sich, es genauer zu erklären.
»Das sind weit entfernte Inselgruppen in der Südsee. Wenn du einen Globus nimmst, dann liegen sie praktisch auf der anderen Seite der Welt.«
»So weit weg?«, staunte Ben.
»Genau das bereitet mir großes Kopfzerbrechen.«
»Theo?« Der Junge schaute fragend zu ihm auf. »Kannst du mir so einen Nautilus zeichnen?«
»Na, versuchen wir es mal.«
Theo setzte sich neben Ben in den Sand, zog seinen Zeichenblock heraus und versuchte, eine der Nautilusschalen abzuzeichnen. Zunächst betrachtete Theo genau die Form. Das Gehäuse sah aus wie eine zur Spirale aufgerollte Röhre. Er setzte seinen Stift auf das Papier.
Die Nautilusschale war Symmetrie in Perfektion. Auch seine Zeichnung glich der logarithmischen Spirale, die immer im gleichen Verhältnis sowohl in die Länge als auch in die Breite wuchs.
»Wenn du damit zufrieden bist?«, fragte Theo zweifelnd und übergab Ben das Blatt.
»Ja, die gefällt mir. Es sieht aus wie ein Wirbel. Ein Wasserwirbel.«

Theo lachte und schaute auf seine Uhr. »Es ist schon ziemlich spät. Ich denke, Trude wartet.«

Zurück im blauen Haus, bat Trude Theo noch auf einen Kaffee herein. Ben war ziemlich aufgekratzt. Kaum war er ins Haus gestürmt, zeigte er Trude die Skizze des Nautilus.
»Schau, was Theo für mich gezeichnet hat.«
Trude betrachtete das grob dahingeworfene Bild des Nautilus und meinte: »*Die Mathematik ist das Alphabet, mit dem Gott das Universum schrieb.*«
Theo sah sie fragend an.
»Nun, das soll Galileo in Anbetracht der logarithmischen Struktur der Gehäuse gesagt haben. Auch andere Künstler wie Leonardo da Vinci erkannten die ›göttliche Proportion‹, den sogenannten goldenen Schnitt, in der spiraligen Schale eines Nautilus.«
Theo war überrascht, dass Trude sich so gut auskannte.
»Biologie und Kunst. Und auch Deutsch. Das waren meine Fächer. Ich war früher Lehrerin.«
»Trude ist so klug«, warf Ben ein und Theo nickte zustimmend. Dann fügte sie an: »Na, und Sie scheinen tatsächlich über ein wenig Talent zu verfügen. Man erkennt, was es sein soll. Das ist schon viel wert!«
Theo und Trude lachten. Zu Ben, der nicht ganz verstand, sagte Trude: »Geh mal hoch und zieh dich um, danach gibt's einen Kakao für dich.«
Ben flitzte davon. Trude bat Theo an den Küchentisch.
»Die Sache mit dem Nautilus lässt Sie nicht los?«, fragte sie.
»Wie auch? Erst war es einer, jetzt sind es schon vier? Ben hat noch mehr davon am Strand gefunden und sie versteckt, wissen Sie? Wo kommen die her? Sie werden zugeben, Trude, dass mich das als Meeresbiologe schon neugierig machen kann.«

»Zu welchem Schluss sind Sie gekommen, Theo?«
»Ich würde sagen südlicher Pazifik. Eher nicht Indischer Ozean.«
»Sind Sie auf der Suche nach einer Sensation?«
Er schaute sie verwundert an. »Natürlich nicht – aber ich bin schon sehr irritiert. Wenn an der dänischen Küste solche Schalen auftauchen, dann könnte das ein Alarmzeichen sein.«
»Sie glauben, es hat etwas mit der Erderwärmung zu tun.«
Er nickte.
»Vielleicht sollte ich mich heute Abend von Ihnen zum Essen einladen lassen.«
»Was? Gerne, aber …«
»Wieso? Das kann ich Ihnen erklären. Sie werden ja vielleicht einige Zeit hier sein und da kann es nicht schaden, ein paar Leute kennenzulernen.«
»Was hat das jetzt mit den Nautilusschalen zu tun?«
»Man weiß nie, was so ein Sommerabend alles bringt. Glauben Sie mir, der Grenen birgt so manche Überraschung«, meinte sie geheimnisvoll.
»Na, dann freue ich mich auf einen spannenden Abend mit Ihnen.«
»Ich erwarte Sie …«, Trude machte eine kurze Pause und hielt Theo ihre Hand hin, »… ich meine *dich* hier um Punkt acht.«

9

Schlag acht Uhr stand Theo mit seinem Wagen vor Trudes Haus. Sie wartete schon am Gartentor. Theo stieg aus, öffnete ihr die Wagentür und ließ sich dann von ihr durch die engen Sträßchen von Skagen lotsen. In der Nähe des Hafens wies sie ihm den Weg auf einen Parkplatz. Sie stiegen aus und gingen zu einem historisch wirkenden Gebäude auf der anderen Straßenseite.

Theo blieb wie angewurzelt stehen, als er den Namen des Lokals las: *Zum Perlboot*. Neben einer verschnörkelten Schrift prangte die Darstellung eines Nautilus.

»Das ist jetzt ein Scherz«, stammelte er.

»Mitnichten, mein Lieber«, meinte Trude verheißungsvoll. »Das ist ein Gasthaus, das schon seit 1937 so heißt.«

»Wie kommt das?«, fragte er.

»Wir stärken uns jetzt erst einmal.«

Sie betraten den Gastraum, der, entgegen der Verheißung des Namens, nichts Exotisches an sich hatte. Hinter dem Tresen stand eine junge Frau, die Trude zuwinkte. An einem großen runden Tisch saßen wettergegerbte Männer, die Theo misstrauisch musterten. Sie sprachen kaum miteinander. Nur einer von ihnen lächelte, als er Trude sah, und beäugte Theo. Trude winkte ihnen lässig zu und führte Theo an einen kleinen Tisch.

»Ich empfehle dir den Skagener Fischteller. Und danach stelle ich dir einen Freund vor.«

Trude wirkte ernst und sprach mit gedämpfter Stimme. Sie bestellte bei einem schweigsamen Kellner. Das Essen wurde gebracht und Theo fand es vorzüglich. Immer wieder wollte er auf das Thema Nautilus kommen, doch Trude unterbrach ihn ständig. Stattdessen erzählte sie ihm von den unwirtlichen Wintern in Skagen, den rauen Winden und der Kälte, die überall hineinkroch. Dabei wirkte sie ein wenig abwesend. Theo war enttäuscht. Sie hatten das Essen beendet und Trude rief dem Kellner etwas auf Dänisch zu. Der Kellner nickte und brachte dann drei randvolle Schnapsgläser an ihren Tisch.
»Drei?« Theo sah Trude fragend an.
»Warte es ab«, meinte Trude und rief zu dem großen, runden Tisch: »Stein, setzt du dich zu uns?«
Der Mann, der Theo beim Hereinkommen beäugt hatte und etwa in Trudes Alter war, stand auf. Er kam auf Trude zu, umarmte sie, und nachdem Trude etwas auf Dänisch zu ihm gesagt hatte und dabei auf Theo wies, wandte er sich ihm zu. Der Händedruck mit seiner ledrigen Hand war fest.
»Ich bin Stein, es freut mich, dich kennen zu lernen. Trude hat mir schon von dir erzählt.«
Offenbar hielt er es wie Trude und nannte ihn gleich beim Vornamen.
Er zog den freien Stuhl zurück und setzte sich. Trude schob ihm einen Aquavit hin.
»Na dann! Skol!«, sagte Trude bedeutungsvoll, hob ihr Glas und stieß mit den beiden an, ehe sie den Klaren mit einem Zug hinunterkippte, als wolle sie sich Mut antrinken. Theo tat es ihr nach und verzog das Gesicht.
»Der ist ja ganz warm!«, rief er entsetzt aus.
Trude und Stein blickten sich an.
»Oh, ihr Touristen!«, rief Stein, »ihr erfriert den Aquavit immer. Nein. Linie-Aquavit muss warm sein, damit sich sein Ge-

schmack entfaltet. Warum sonst fährt man ihn zwei Mal über den Äquator. Wir trinken gleich noch einen«, kündigte er an. Er winkte dem Kellner, der drei weitere Gläser brachte.
»Aber nur noch den«, kündigte Trude mahnend an. Irgendwie schien sie sich unwohl zu fühlen. Theo wurde den Eindruck nicht los, dass sie es bereute, ihn hierhergebracht zu haben. Auch Stein schien das zu bemerken.
»Er alt i orden med dig?«, fragte er sie und nahm ihre Hand.
Trude blickte die beiden an und nickte.
»Ja, aber es ist Zeit für mich zu gehen.«
Stein machte ein enttäuschtes Gesicht. »Aber Trude, wie kannst du schon wieder gehen, du weißt, du bist die Liebe …«
»… deines Lebens, ja. Das hast du mir in den letzten fünfzig Jahren sicher eine Million Mal gesagt. Wer weiß, vielleicht werde ich auf meine alten Tage noch schwach«, fügte Trude scherzhaft an, um gleich wieder ernst zu werden.
»Aber nicht heute, mein Lieber. Ich überlasse Theo jetzt dir. Ich gehe zu Fuß, ein bisschen frische Luft wird mir guttun.«
Sie stand auf, schenkte den beiden Männern noch ein Lächeln.
Stein und Theo sahen sich fragend an, während Trude aus dem Lokal verschwand.
»Also, wie kann ich dir helfen?«, fragte Stein.
Theo fühlte sich ein wenig befangen und begann ziemlich umständlich, von seiner Arbeit zu erzählen und dass er jetzt zum Malen in Skagen war. Stein unterbrach ihn und bestellte zwei weitere Schnäpse. »Damit kommst du besser ins Reden«, erklärte er.
Es half. Theo begann, von Bens Fund zu erzählen. Stein hörte aufmerksam und mit gerunzelter Stirn zu. Als Theo endlich fertig war, atmete er tief durch.
»Ich werde dir gleich etwas zeigen. Aber ich muss dich vorwar-

nen. Die anderen Fischer sind nicht besonders gesprächig und Fremden gegenüber sehr misstrauisch. Ich sage ihnen, dass du ein alter Freund bist. Komm.«

Theo stand auf und merkte, dass der Alkohol schon seine Wirkung getan hatte. Er schwankte ein wenig. Sie gingen auf den runden Tisch zu, und Stein sagte etwas auf Dänisch zu den Männern, die sie misstrauisch musterten. Über dem Tisch hing ein Bild an der Wand, das Theo schon einmal gesehen hatte. Es waren die Skagenfischer. Es musste eine Kopie sein, denn das Original hing in der Nationalgalerie in Kopenhagen.

»Ich kenne das Bild, das ist berühmt«, meinte Theo mit schwerer Zunge.

»Das ist nicht dasselbe Bild«, sagte Stein. »Es sieht nur so aus. Schau es genau an, schau dir die Netze an.«

Theo wäre beinahe über den Stuhl vor ihm gestolpert. Mit glasigen Augen versuchte er zu erfassen, was er sah. Das konnte doch nicht sein! Er kniff seine Augen zusammen und schaute noch einmal hin. Im Netz hatten sich einige kleine Nautilusschalen verfangen. Theo schaute Stein ungläubig an. »Von wann ist das Bild?«

»Von 1937. Es war ein Geschenk an den Wirt, Ulf Mathiesen, als er das Gasthaus eröffnet hat. Er benannte es nach den Perlbooten, die hier immer wieder angeschwemmt wurden.«

Stein zuckte mit der Schulter. »Es gab hier ein Schiffsunglück, direkt vor der Küste. Der schwedische Frachter *Cometen* ist gesunken.«

»*Cometen*.«

Stein nickte.

»Wenige Monate später wurden erste Perlboote hier angespült. Und Fischer haben auch immer wieder welche im Netz gehabt, wenn sie dort auf Fang waren. Keiner hatte eine Erklärung dafür. Manche deuteten es als unheimliches Zeichen.«

Plötzlich rief ein Fischer laut in den Raum, ohne von seinem Glas aufzublicken.
»Det var ikke et uheld, og jeg vil sige det, stedet er forbandet!«
Theo erschrak und Stein nahm in schützend an seine Seite.
»Was hat er gesagt?«, fragte Theo leise.
»Dass es kein Unfall war. Und dass der Ort seitdem verflucht sei.«

Es war kurz nach elf, als Theo das Restaurant verließ. Stein hatte ihn noch zur Tür geleitet und gefragt, ob er ihn nach Hause bringen sollte. Theo hatte abgewinkt. Er brauchte noch ein bisschen frische Luft und würde zu Fuß gehen. Doch nun spürte Theo die Kälte und die Verlockung der Autoschlüssel in seiner Tasche.

Er sog noch zweimal die kalte Luft ein, bevor er aufschloss und sich auf den Fahrersitz fallen ließ.
Er steckte den Schlüssel ins Zündschloss. Um diese Zeit war doch sowieso niemand mehr unterwegs und es war nicht allzu weit zu seinem Ferienhäuschen. Doch bevor er den Motor anlassen konnte, klopfte es am Fenster. Theo erschrak. Die Scheibe auf der Fahrerseite war beschlagen. Unbeholfen wischte er sie frei.
»Wollen Sie etwa Auto fahren?«
Theo konnte das Gesicht, das tief in einer Kapuze versunken war, nicht erkennen. Doch die Stimme kam ihm bekannt vor. Ruckartig stieß er die Tür auf.
»Aua, passen Sie doch auf!«, rief die Polizistin verärgert.
»Entschuldigung. Ich habe Sie gar nicht erkannt. Wollte eigentlich sowieso zu Fuß gehen«, redete Theo sich heraus.
»Statt Sie in unsere einzige Ausnüchterungszelle zu werfen, begleiten Sie mich jetzt nach Hause! Ich bin schließlich nicht im Dienst«, hörte Theo sie zu seiner Überraschung sagen. »Nicht, dass Sie irgendetwas missverstehen. Mir ist nur etwas langweilig und die zehn Minuten Fußweg tun Ihnen sicherlich gut.« Und damit wies die Polizistin in eine bestimmte Richtung.
Theo schloss sein Auto ab und sie gingen nebeneinanderher.
»Wie geht es Ihnen?«
»Sie meinen uns?«
Theo sah, wie sie mit ihrer Hand über den Parka strich.
»Ja, wie geht es Ihnen denn so? Ist es sehr beschwerlich?«
»Man gewöhnt sich an alles.« Und nach einer Pause: »Manchmal denke ich daran, dass ich bald nicht mehr alleine bin.«
Sie ließen den Hafen hinter sich und gingen eine dunkle Straße entlang. Es schien, als hätte der kalte Wind den Himmel blankgeputzt. Tausende glitzernde Sterne hatten sich zu einer Art Kuppel über ihnen angehäuft.

Theo blieb stehen.
»Es gibt hier kaum Lichtverschmutzung. Haben Sie solche Himmel öfters?«, staunte Theo.
»Ich bin hier aufgewachsen, ich kenne es nicht anders«, entgegnete die Polizistin.
»Und da haben Sie sich nie gefragt, wie es da oben klingt?«
»Klingt?«
Theo war es gelungen, die Frau zu irritieren.
»Ja, der Klang des Universums. Ob es da vielleicht so etwas wie Musik gibt.«
Die Polizistin ging einfach weiter.
»Wissen Sie, es gibt da einen amerikanischen Astro-Physiker, Donald Gurnett heißt er …«, fuhr Theo fort, »der nimmt seit über vierzig Jahren im interplanetarischen Raum ausgestrahlte Radiowellen auf. Er vergleicht sein Verfahren mit einem Radiogerät, das die empfangenen Radiowellen in Töne umsetzt. Er verlangsamt die extrem hohen Frequenzen der Wellen, bis sie innerhalb des für Menschen hörbaren Spektrums liegen.«
»Sie sind auch Wissenschaftler, nicht wahr?«
Theo ignorierte ihre Frage.
»Gurnett hat Tausende dieser Aufzeichnungen gesammelt und in Töne umgewandelt. Damit kann er sogar Polarlichter auf der Erde und kosmische Strahlung hörbar machen.«
»Und? Gibt es da Musik?«
»Tja, klingt manchmal so …«
Sie blieb kurz stehen und schaute nach oben.
»Engelschöre, oder?«
Beide schmunzelten. Dann gingen sie weiter.
»So, da sind wir. Sie müssen hier nur die Straße runter. Den Weg kennen Sie ja und ich nehme nicht an, dass Sie so betrunken sind, sich zu verlaufen. Wenn doch, orientieren Sie sich einfach am Sternenhimmel, das können Sie ja!«

Theo war überrascht, dass sie wusste, wo er wohnte. Man hatte also schon über ihn gesprochen.
»Danke!«
»Wofür? Sie haben doch mich nach Hause gebracht!«
»Also dann, eine gute Nacht!«
»Gute Nacht.«
Im Weggehen drehte er sich nochmals kurz um: »Und übrigens: Das Gehör ist der erste Sinn, der sich beim Baby ausbildet.«
»Engelsmusik«, murmelte die Polizistin, als sie ihre Haustür aufschloss.

Theo sank müde ins Bett. Der Nachtwind heulte ums Haus, und durch das Fenster erkannte er die große Düne. Regungslos lag sie da, wie ein gestrandeter Wal. Das Zimmer schien zu schwanken und Theo konnte nicht einschlafen.

Er erinnerte sich daran, wie seine Mutter ihm als Kind immer gesagt hatte, er solle dem Wind lauschen. Das würde nämlich das Einschlafen erleichtern. Denn jeder Wind erzähle eine Geschichte. Mit seinen Ohren müsse er dem Wind trauen, ihm folgen und mit ihm dahin gehen, wo der Wind herkäme, nämlich an den Anfang. Da ginge die Geschichte los, sie käme dann näher ans Fenster und das Ende, ja, das Ende würde niemand kennen. Das sei aber auch nicht schlimm.
Später, als er während seines Biologiestudiums aus Interesse auch Vorlesungen in Physik besucht hatte, hatte Theo allerhand über Strömungen, Wellen und akustische Phänomene gelernt. Auch, dass das Rauschen in einer Muschel die akustische Reproduktion der Umgebungsgeräusche ist.
Doch das alte Rezept seiner Mutter funktionierte noch immer. Theo schloss die Augen. Drinnen ein Rieseln. Draußen das uralte Wehen vom Meer.

10 Theo erwachte mit stechenden Kopfschmerzen. Ein Frühstück bekam er nicht herunter, nur einen milden Tee. Ja, ein Strandspaziergang sollte helfen. Die frische Meeresluft würde ihm guttun. Er zog sich an und lief los.

Das Meer lag blank vor ihm. Muscheln und Bruchstücke davon, das Spielzeug der Urlaube seiner Kindheit, knirschten unter seinen Füßen. Während er so dahinschritt, blinzelte die Sonne ab und zu durch die dicke Wolkendecke, doch das Meer war grau. Und obwohl es ruhig und friedlich dalag, hatte es etwas Abweisendes. Das Wasser glich einer Betondecke. Es schien, als ob die See sich zurückgezogen hätte, um für immer ein Geheimnis unter sich zu begraben.

Was war dran an der Legende, die sich um die *Cometen* rankte? Verbarg sich tatsächlich ein Geheimnis in dem Wrack? Je mehr er darüber nachdachte, desto sicherer war er, dass dort im Wasser die Lösung für das Rätsel der Nautilusschalen am Strand lag. Doch was half ihm das? Früher hätte ihn nichts davon abgehalten, dieses Rätsel selbst lösen zu wollen. Doch damals war das Meer noch eine verheißungsvolle Einladung gewesen. Heute traute er ihm nicht mehr. Es war zu einem Ort qualvoller Erinnerungen geworden.

Hatte sein Ehrgeiz ihn dazu getrieben, den riskanten Tauchgang zu unternehmen? Oder war er einfach nur leichtsinnig gewesen, sich seiner Verantwortung als Forschungsleiter nicht bewusst?

Juristisch gesehen, hatte man ihn von aller Schuld freigesprochen. Doch er wusste, dass er den Unfall hätte verhindern können, wenn er nicht so verstiegen gewesen wäre.

Aus einiger Entfernung erspähte Theo plötzlich den Jungen und war sichtlich erleichtert. Ben saß ganz nah am Wasser, so dass die Wellen vor ihm ausrollten. Er hatte den Kopf nach rechts geneigt und hielt mit beiden Händen eine Nautilusschale an sein Ohr.

Unbemerkt näherte Theo sich von hinten. Ben schien völlig versunken.

»Hallo, Ben!«

Ben schrak hoch und drehte sich zu Theo um.
»Hallo, Professor!«, strahlte er ihn an.
»Professor?«
»Ja, Trude hat mir erzählt, dass du ein Professor oder sowas bist.«
»Na ja. Früher mal.«
Theo setzte sich neben Ben in den Sand.
»Na, lauschst du dem Meer?«
Ben grinste und zeigte mit seinen Fingern erst aufs Meer, dann auf die Muschel.
»Ja, Ostsee, manchmal Nordsee – und manchmal habe ich das Gefühl, dass ich auch wieder die Südsee höre.«
Und dann sagte Theo plötzlich diesen Satz. Er wusste nicht wieso, aber es platzte aus ihm heraus.
»Ben, du weißt ja, was man wirklich in einer Muschel hört?«
»Das Meer.«
Ein schiefes Lachen entglitt Theo.
»Nein, nein, wir glauben das nur. Es ist ja auch eine schöne Vorstellung …«
Ben schaute Theo ungläubig an.
»Du meinst, wir hören gar nicht wirklich das Meer?«
Und als würde Theo an diesem Morgen gar nichts begreifen, redete er weiter, als müsste er etwas beweisen:
»Na ja, Ben. Es ist eine akustische Täuschung, der wir aufsitzen. Wir hören im Prinzip lediglich uns selbst. Unsere Umgebung und deren Geräusche, die durch das Gehäuse verstärkt werden. Unser Gehirn fühlt sich somit bei dem wahrgenommenen Geräusch an das Rauschen des Meeres erinnert und interpretiert es entsprechend. Da fast jedes Schneckengehäuse ein bisschen anders aussieht, klingt auch jedes verschieden, da sich ja auch der jeweilige Hohlkörper unterscheidet …«
Ben hörte schon nicht mehr zu. Er war aufgesprungen.

»Du hast mich angelogen!«
»Nein, Ben, ich dachte, du wüsstest …«
»Blöder Besserwisser!«, schrie Ben, schmiss das Perlboot in den Sand und rannte weg.
Mist, dachte Theo, jetzt habe ich es verbockt. Er ärgerte sich über sich selbst. Warum musste er auch immer Recht haben! Er hatte einen Fehler gemacht und wusste nicht, wie er die Sache mit Ben wieder geradebiegen konnte. Zugleich fragte er sich aber auch, warum Ben es so getroffen hatte. Hatte er denn wirklich geglaubt, dass das stimmte, dass man wirklich das Meer und sogar die ferne Südsee in der Muschel hören konnte? Theo war davon ausgegangen, dass Ben das mit der Muschel richtig einordnen konnte, dass er wusste, dass das Rauschen im Grunde doch eher eine schöne Illusion war.
Theo hob die Nautilusschale auf, befreite sie vom Sand und steckte sie in seine Tasche. Weswegen war er überhaupt hier? Ja, die Malerei, das Licht wollte er aufsaugen und genießen. Alles vergessen und vielleicht sogar ein Künstler werden, das war es doch gewesen! Also, auf ins Museum zu den berühmten Skagen-Malern.
Doch er stand da wie angewurzelt, unfähig, sich zu bewegen. Die Minuten, die vergingen, kamen ihm vor wie eine Ewigkeit. Der Dämon, den er so lange bekämpft hatte, war wieder zurückgekehrt. *Klugscheißer*. Es war wie ein innerer Drang. Ja, er musste immer Recht behalten. So lange, bis etwas kaputtging. Wie die Beziehung zu seiner Frau Hannah damals.

Langsam ging er am Strand zurück in Richtung Skagen. Schließlich sah er das Dach des Grenen-Kunstmuseums. Vielleicht würde es ihm helfen, wenn er die Bilder der Skagen-Maler in sich aufsog. Doch als er an der Eingangstür zog, war sie verschlossen. Das Museum hatte offenbar zu. Ihm schien es, als

wolle ihm das Schicksal die Chance auf ein klein wenig Seelenfrieden verweigern. Er rüttelte noch einmal an der Tür.
Ein älterer Mann, der einen fast ebenso alten Labrador an der Leine führte, spazierte vorbei und raunte:
»Das Museum hat heute geschlossen. Aber wenn es so dringend ist, gehen Sie doch ins Skagens Museum. Dort finden Sie die berühmten Maler!«
»Wie finde ich das?«
»Immer der Straße nach. Wenn sie einen leichten Linksknick macht, sind Sie da.«
Der Mann zog sachte an der Leine und ging kopfschüttelnd weiter.
Das Museum war in einem Neubau untergebracht. Theo spürte noch immer seine Kopfschmerzen, als er die Eingangshalle betrat. Es hatten sich nur wenige Besucher eingefunden.
»Bei gutem Wetter sind alle am Strand«, sprach ihn ein Mann von der Seite in makellosem Deutsch an der Kasse an.
Woran hatte er bloß erkannt, dass Theo ein Tourist war?
»Wenn Sie gestatten, führe ich Sie durch das Haus. Dann sparen Sie sich den Audioguide. Kostet nichts, ganz umsonst.«
Theo schien es so, als hätte der Mann ausgerechnet auf ihn gewartet.
»Sind Sie hier angestellt?«, fragte Theo ungläubig.
»Darf ich mich vorstellen: Hendrik Bloemsvik, ich bin Leiter des hiesigen Heimatmuseums. Aber da ist heute auch nicht viel los. Dann komme ich immer hier vorbei. Es ist mir eine Freude, den Gästen aus aller Welt unsere Kunst nahezubringen. Kommen Sie!?«
Ohne die Antwort abzuwarten, ging Hendrik Bloemsvik los. Er war von hoher Statur, etwa Mitte fünfzig, hatte strohblondes Haar und einen rötlichen Teint. Seine Schneidezähne trennte eine Zahnlücke, die beim Sprechen hervorblitzte.

Theo trottete ihm hinterher.
»*Wenn Sie ein Maler sind, dann folgen Sie uns hierauf. Hier gibt es Motive für Sie. Hier in dem dänischen Land finden Sie eine Natur, welche Ihnen ein Bild von der Wüste Afrikas, von dem Aschehügel Pompejis und von Vögeln schwimmende Sandbänke in dem Weltenmeer gibt*«, sagte Bloemsvik theatralisch. Theo wusste nicht, wen oder was er meinte.
»Ich habe nicht Sie gemeint!«, lachte Bloemsvik. »Das hat unser Nationaldichter Hans Christian Andersen bei seinem ersten Besuch 1859 in Skagen geschrieben.« Theo nickte kurz und beide betraten den ersten Raum.
»Die Skagen-Maler folgten seinem Ruf und bildeten die bekannteste Künstlerkolonie Dänemarks, die heute weltweit berühmt ist!«, begann Bloemsvik stolz seinen Vortrag.
»Ihre Blütezeit erlebte sie gegen Ende des neunzehnten Jahrhunderts und sie dauerte bis etwa zum Ende des Ersten Weltkriegs, von dem wir Dänen ja zum Glück verschont geblieben sind. Die Künstler aus Dänemark, Norwegen und Schweden suchten Arbeitsbedingungen und Ausdrucksformen, die einen Bruch mit der akademischen Kunstauffassung bedeuteten. Ihre Kunst sollte realistischer, ja ›wahrer‹ sein als früher. Besonders ein Trio machte unsere Spielart des Impressionismus weltberühmt: Anna und Michael Ancher und ihr Freund P. S. Krøyer.«
Bloemsvik sprach mit großer Geste, als ob er an der Wahrhaftigkeit der Künstler keinerlei Zweifel duldete. Und tatsächlich, als sie den zentralen Ausstellungsraum betraten, war Theo ergriffen von der Unmittelbarkeit, ja, dem Realismus der Bilder. Auf einem Bild rollte eine Welle regelrecht auf ihn zu. Die entfesselte Natur.
»Skagen bot ihnen völlig neue Motive«, referierte Bloemsvik. »Statt lieblicher und romantischer Bildmotive rückten nun kar-

ge Heidelandschaften, riesige Dünen und stürmische Meere ins Blickfeld. Die Skagen-Maler schilderten auch das harte Leben der örtlichen Bevölkerung, der Fischer.«
Theo blieb vor einem Gemälde stehen. Es zeigte Fischer am Strand, die ein Netz einholten. Ein ganz ähnliches Motiv, wie er es erst gestern im *Perlboot* hatte hängen sehen.
»Ja, das Licht hier. Unsere herrliche Natur und unsere Einwohner faszinieren bis heute, nicht wahr?«, fuhr Bloemsvik einfach fort, als er bemerkte, dass Theo das Bild genauer betrachtete.
»Michael Peter Ancher. Einer unserer Besten … kommen Sie bitte mal mit!« Durch einen Garten betraten sie einen Pavillon.
»Sein Atelier, noch original erhalten. Seine Tochter hat es uns überlassen. Sehen Sie die Porträts?«
Theo schaute sich um. Tatsächlich hatte Michael Ancher sich in vielen Bildern den Fischern und ihrem harten Leben gewidmet. Auf einem Bild stand eine Gruppe am stürmischen Strand, die Männer warteten auf ihre Kameraden auf hoher See.
»*Wird er es schaffen*?« Bloemsvik sah Theo an. Theo zuckte mit den Schultern. Bloemsvik lachte. »Nein, das ist tatsächlich der Titel des Bildes. Es gab ja viele Unglücke zu jener Zeit.«
Theo entdeckte zwei Bilder des Malers, auf denen Rettungsboote abgebildet waren. Ein Bild zeigte, wie eine Rettungsmannschaft so ein Boot gerade über den Strand Richtung stürmischer See zog. Eine spannungsgeladene, ja gespenstische Szene. Das Bild stammte von 1916.
»Ein Spätwerk Anchers.«
»Hat die Szene vielleicht etwas mit dem Seeunglück der *Cometen* zu tun?«
Bloemsvik war überrascht und hob die rechte Augenbraue. »Woher wissen Sie denn davon? Sind Sie schon länger hier?«
»Nein, aber ich war gestern im *Perlboot*. Da wird diesbezüglich wohl immer etwas Seemannsgarn gesponnen …«

Bloemsvik schaute zurück auf das Bild.
»Interessante Frage, ob das Gemälde mit jenem Unglück zu tun hat. Habe ich noch nie drüber nachgedacht. Hat ja keiner überlebt.«
»Keiner überlebt? Weiß man denn, wie es zu dem Unglück kam?«
»Ein U-Boot. Die *Cometen* wurde von einem U-Boot gerammt.«
»Erster Weltkrieg …«
»Richtig, Erster Weltkrieg.«
»Von einem deutschen U-Boot?«
»Nein.«
»Nicht von einem deutschen U-Boot? Ja, aber …«
»Das weiß man nicht. Also, es gibt ja dieses Gerücht …«
Bloemsvik senkte die Stimme:
»An Bord der *Cometen*, die ja ein schwedisches Handelsschiff war, befand sich deutsche Fracht.«
»Deutsche Fracht?«
»Ja, delikate deutsche Fracht. Eine Wunderwaffe.«
»Eine … wie bitte, was?«
»Ja, eine Wunderwaffe. Oder zumindest, sehr wahrscheinlich, Teile, um eine bauen zu können!«
Theo spürte, wie seine Kopfschmerzen wieder stärker wurden.
»Und da gab es ein U-Boot, dessen Flotte davon wusste, und so rammten sie das Handelsschiff, um zu verhindern … Ja, so oder so ähnlich wird es wohl gewesen sein. Die Deutschen und ihre Wunderwaffen! Sie kennen ja die Geschichten!«
»Und man weiß bis heute nicht, was das für ein U-Boot war?«
»Richtig, wir haben es hier *Nautilus* getauft!«
»Nautilus?«
Instinktiv strich Theo über seine Tasche, in deren Innern er die Schale fühlte. Sollte er Bloemsvik davon erzählen? Irgendwie spürte Theo, dass er es lassen sollte.

»Sicherlich kennen Sie doch die Geschichte von Jules Verne? Wissen Sie, was verrückt ist? Im Oktober 1916, also im gleichen Monat des Unglücks, erschien die erste Verfilmung von *20 000 Meilen unter dem Meer* in den amerikanischen Kinos. Darin verwendet ein gewisser Kapitän Nemo sein Unterseeboot Nautilus als Waffe, mit der er alle Kriegsschiffe der Welt versenken möchte ... Und so scheint dieser dann noch einen Abstecher nach Skagen zu planen, um die Welt vor einer weiteren deutschen Wunderwaffe zu retten!«
Bloemsvik schien erfreut, wie das Aufblitzen seiner Zahnlücke verriet. Theo hingegen war sichtlich irritiert.
»Wurde denn das Wrack der *Cometen* je gesehen oder gehoben?«
»Nein, viel zu gefährlich da draußen. Liegt genau am Scheitelpunkt der beiden Meere. Die Strömung da unten malen Sie sich nicht aus ...«
Oh doch, dachte Theo.
»Haben Sie vielen Dank, Herr Bloemsvik. Mir reicht es erstmal für heute, aber ich komme die Tage wieder. Wirklich interessant, die Skagen-Maler. Und dann diese Geschichte ...«
Bloemsvik öffnete die Tür und geleitete Theo zum Ausgang.
»Bleiben Sie denn noch eine Weile in Skagen?«, fragte Bloemsvik neugierig.
»Nun, wie es aussieht, ein paar Wochen. Auch mir bietet Skagen völlig neue Motive ...«

Als er das Museum verließ, beschloss Theo, sein Auto erst morgen beim *Perlboot* abzuholen und stattdessen noch einen Spaziergang am Meer zu machen.
Ein einsamer Vogelruf empfing ihn. Am Horizont kreiste eine Möwe und die Dämmerung brach herein. Über den feuchten Flächen spiegelte sich der Abendschein. Theo vernahm das

Gären des Schlamms. Ein geheimnisvoller Klang, dachte er. Wie Stimmen aus der Tiefe.
Es war dunkel, als er vom Strand zurückkam. Theo war erschöpft, und ohne seine Jacke auszuziehen, ließ er sich am Küchentisch nieder. Er legte seine Tasche ab und öffnete sie. Langsam holte er die Nautilusschale hervor und legte sie vor sich auf den Tisch.
Ben. Am Strand war er nicht mehr gewesen. Wahrscheinlich hatte er längst mit Trude zu Abend gegessen und lag im Bett. Theo beschloss, am nächsten Morgen bei den beiden vorbeizugehen und sich zu entschuldigen. Doch wofür eigentlich? Dass er ein Klugscheißer war? In jedem Fall schien er Ben sehr verletzt zu haben, und das tat ihm leid und bedrückte ihn.
Sanft funkelte die Nautilusschale in ihren Pastelltönen im Lichtschein der Küchenlampe. Theo legte seine Hand auf die Schale. Sie war kalt. *Nautilus*. Auch Theo kannte die Geschichte von Kapitän Nemo. Natürlich, er hatte die Romane von Jules Verne in seiner Jugend verschlungen. Später waren sie dann uninteressant für ihn geworden. Aber er erinnerte noch deutlich, dass die Nautilus ein Symbol des Widerstandes war und Kapitän Nemo so etwas wie ein ökologischer Vorkämpfer. Eigentlich nicht schlecht, dachte Theo.

11

Theo war früh aufgestanden. Er wollte jetzt endlich seinen Wagen holen, der nun schon die zweite Nacht auf dem Parkplatz am Hafen gestanden hatte. Danach musste er unbedingt zu Trude, um ihr von dem Desaster gestern zu erzählen und nach einer Möglichkeit zu suchen, sich mit Ben auszusöhnen. Je genauer er seinen Tag plante, desto befreiter fühlte er sich. Er hegte keinerlei Zweifel daran, dass ihm die Versöhnung mit dem Jungen gelingen würde. Zu seinem Plan gehörte natürlich auch, dass er frische Brötchen mitbrachte.

Theo genoss die Morgenluft. Er pfiff leise vor sich hin. Seit Wochen, ja seit Monaten hatte er sich nicht mehr so unbeschwert gefühlt. Unten am Hafen kamen gerade die ersten Fischerboote zurück. Die Ruhe des Ortes wich nun einer emsigen Betriebsamkeit.

Als er sich seinem Wagen näherte, fiel sein Blick auf einen Zettel, der unter den Scheibenwischer geklemmt war. Er stieg aus, faltete das Papier auseinander und las:

Lass die Finger von Nautilus! Captain Nemo

War das ein Scherz? Oder ernst gemeint?

Er überlegte und entschied sich, zu Trude zu fahren. Vor dem kleinen Haus parkte bereits ein großer Wagen in der Einfahrt. Schon beim Aussteigen vernahm Theo lautstarkes Stimmengewirr. Er lugte zwischen den Tannen hindurch. Am Eingang erspähte er Bloemsvik und Trude. Die beiden waren offenbar in

einen Streit verwickelt. Er blieb stehen und lauschte dem Gespräch, was er nur bruchstückhaft verstehen konnte.
»Ich werde sie nicht hergeben, selbst wenn ich wüsste, wo sie sind! Das hab ich dir schon mehrfach deutlich gesagt!«, rief Trude wütend.
Bloemsvik entgegnete kühl: »Und ich habe dir schon mehrfach gesagt, dass wir es nicht dulden, wenn du weiterhin deine Aufsichtspflicht verletzt. Wo ist der Junge? Wo hat er die Perlboote versteckt?«
»Ich weiß es nicht. Und du weißt so gut wie ich, dass nicht der Junge das Problem ist.«
»Natürlich, wenn er uns nicht sagt, wo er sie gefunden hat, und sie nicht zurückgibt, werden wir ihn wegen Diebstahls anzeigen! Das hatten wir ja schon einmal!«
»So? Dass du mir so etwas mal sagen würdest, Hendrik, hätte ich mir auch nicht träumen lassen. Was ist nur aus dem aufgeweckten, intelligenten Jungen von damals geworden. Ein populistischer Hahn!«
Hendrik Bloemsvik drehte sich abrupt um, stürmte davon und rannte zu seinem Auto. Von Theo nahm er keinerlei Notiz. Dieser öffnete das Gartentor und ging schnurstracks auf Trude zu, die schwer atmend an der Treppe zur Eingangstür stand.
»Was ist denn los?«, rief er ihr entgegen. Doch sie machte eine wegwerfende Handbewegung.
»Ach, das war Hendrik Bloemsvik. Leiter des Heimatmuseums. Und offensichtlich auch Leiter des Heimatschutzes!«
Trude schüttelte den Kopf. Dann winkte sie Theo herein. Er überreichte ihr die Tüte mit den Brötchen, die sie erfreut annahm und gleich in den Brotkorb legte. Am Küchentisch berichtete sie besorgt davon, dass Ben schon seit morgens verschwunden sei.

»Als er gestern vom Strand kam, war er schon sehr bedrückt. Aber er wollte mir nichts sagen.«
»Ich fürchte, ich weiß, was passiert ist.«
»Du?«, fragte sie verblüfft.
Theo begann stockend von ihrer Begegnung am Strand zu erzählen. Er berichtete von Bens Enttäuschung und dass er ihn nun für einen Lügner hielt. Trude hörte ihm geduldig zu. Schließlich meinte sie:
»Mach dir keine Vorwürfe.«
»Aber ich habe ihn angelogen.«
»Das hast du doch gar nicht.«
»Natürlich habe ich das. Oder glaubst du etwa, dass in einem Nautilus tatsächlich das Rauschen des Meeres steckt.«
»Aber sicher. Entscheidend ist doch das, was in deinem Kopf passiert.«
»Wie meinst du das?«
»Was ist ein Buch?«
»Ich verstehe nicht.«
»Strenggenommen besteht ein Buch nur aus Papier und Druckerschwärze. Aber niemand kauft sich ein Buch wegen des Papiers und der Druckerschwärze. Menschen kaufen sich Abenteuer, Liebesgeschichten, wunderbare Landschaften, lustige Begebenheiten, sie kaufen sich Freude, Trauer, Lachen, Horror, Spannung.«
Theo dachte nach und kratzte sich am Kopf.
»Ich weiß nicht recht, ob Ben das verstehen wird.«
Wieder lachte Trude.
»Die Frage ist nicht, ob Ben das versteht, sondern ob Erwachsene das verstehen.«
Theo atmete tief durch.
»Diese verflixten Nautilusschalen. Ich kann mir einfach nicht erklären, wie sie hierhergekommen sind.«

»Was hat das eine jetzt mit dem anderen zu tun?«
Theo berichtete von dem Gespräch mit Bloemsvik und schließlich von dem Zettel an seinem Wagen. Er zog ihn aus seiner Tasche und reichte ihn ihr. Sie setzte ihre Brille auf und las.
»Oha«, sagte sie. »Entschuldige mich bitte für einen Moment.«
Sie verschwand im Flur. Das komplett aus der Zeit gefallene Wandtelefon, das dort hing, war ihm schon beim Hereinkommen aufgefallen. Theo vernahm ein paar dänische Wortfetzen. Als Trude wieder hereinkam, meinte sie nur:
»Wir bekommen gleich Besuch. Stein kann uns vielleicht helfen.«
Ein paar Minuten später trat Stein Jørgensen in die Küche und strahlte Trude so an, wie er sie seit über fünfzig Jahren anstrahlte. Sie lächelte etwas schief zurück und stellte ihm eine Tasse auf den Tisch. Als wäre sie noch ganz Lehrerin, befahl sie:
»Setzen!«
Stein gehorchte und bedankte sich, immer noch lächelnd, als Trude ihm Kaffee eingoss. Doch als sie ihm Theos Zettel vorlegte, veränderte sich seine Miene schlagartig.
»Diese Kindsköpfe.«
»Da steckt mehr dahinter.«
»Du weißt, dass Fischer ein abergläubisches Völkchen sind«, meinte Stein bekümmert.
»Das geht aber wirklich zu weit«, zischte Trude.
»Ach, Trude, es beunruhigt eben manche, wenn ein Fremder hier herumfragt.« Er deutete mit dem Kopf auf Theo. »Du weißt doch, wie nervös die Leute werden, wenn es um den Brune Dreng geht.«
»Ach, Unsinn, immer diese alten Geschichten!«, rief Trude gequält aus.
»Der *Brune Dreng*? Was ist das, was hat das zu bedeuten?«, fragte Theo neugierig.

Trude sagte nichts und vergrub den Kopf in ihren Händen.
»Der braune Junge … *Brune Dreng* heißt auf Deutsch *brauner Junge*«, sagte Stein. Seine Stimme klang heiser.
»Eine alte Legende von vor hundert Jahren. Keiner weiß genau, was daran wahr ist und was nicht. Damals ging der schwedische Frachter *Cometen* am Grenen unter.«
»Ach, das. Bloemsvik hat mir erzählt, die Leute glauben, dass Captain Nemos Nautilus sie versenkt hat.«
Stein lachte leise in sich hinein.
»Ja, ja, die Leute. Im Grunde war es ein Schiffsunglück wie jedes andere, na ja, fast. Eigentlich schienen alle Passagiere von einem Kutter gerettet worden zu sein, doch am Tag nach dem Unglück wurden zwei leblose Körper am Grenen angespült. Eine Frau aus dem Ort und einen dunkelhäutiger Mann, der angeblich aus der Südsee stammte. Das Gerücht, er sei ein gezähmter Kannibale, machte bald die Runde. Es wurde mächtig ins Kraut geschossen. Viele glaubten, der dunkle Mann habe die Frau ermordet und so weiter und so sofort. Und dann fand sich der erste Nautilus. Er blieb im Netz der *König Olaf* hängen, die ganz in der Nähe vom Untergangsort der *Cometen* fischte. Tags darauf ging bei stürmischem Wetter der Bootsmann über Bord und ward nicht mehr gesehen. Und nun kannst du dir ja alles zusammenreimen. Wenn ein Nautilus erscheint, passiert etwas. Und warum passiert etwas? Weil einer Dorfbewohnerin etwas Schreckliches zugestoßen ist, und warum gerade ein Nautilus? Weil Captain Nemo die *Cometen* versenkt hat. Die Leute zählen eins und eins zusammen, und dann kommt drei raus. Wie das halt so ist mit alten Geschichten.«
»Ich hab auch einen Nautilus gefunden und mir ist nichts passiert«, wandte Theo ein.
»Immerhin hast du eine Nachricht von Captain Nemo bekommen!«, trumpfte Stein auf und zeigte auf den Zettel.

Trude hatte angespannt zugehört und schaltete sich nun ein. »Könnt ihr beiden Schlaumeier vielleicht auch mal eins und eins zusammenzählen? Sie wissen, dass Ben mehrere Nautilusschalen gefunden hat. Sie wollen wissen, wo, und verlangen, dass er sie sofort herausgibt!«

»Du meinst, dass er mit den Nautilusschalen alte Wunden aufgerissen hat?«

Stein nickte zustimmend.

»Hat man das Unglück denn nie untersucht?«, wollte Theo wissen.

»Das war im Oktober 1916. Ein halbes Jahr zuvor gab es die Seeschlacht im Skagerrak. Niemand hatte großes Interesse daran, den Untergang eines schwedischen Kohlefrachters zu untersuchen. Und wie auch? Die See ist ziemlich tückisch und niemand hätte eine Expedition dorthin gewagt. Überleg mal, wie aufwändig das Helmtauchen war.«

»Und später?«

»Du meinst Wracktaucher?«

»Na ja.«

»Die *Cometen* war ein Holzfrachter, keine fünfhundert Bruttoregistertonnen. Sie maß kaum fünfzig Meter und hatte Kohle geladen. Das ist nichts für Wrackjäger, schon gar nicht an einer Stelle, an der es wie Hechtsuppe zieht – über und unter Wasser.«

»Schade, vielleicht hätte uns ja das Wrack einige Antworten geben können.«

»Ich könnte mir vorstellen, wo Ben ist«, sagte Theo plötzlich.

»Du?«, fragte Trude ungläubig.

»Ja, aber sagt ihm nicht, dass ich euch drauf gebracht habe.«

»Alles klar«, sagte Stein. »Also, wo finden wir ihn?«

»Vielleicht am Strand am Kandestedvej, in den Dünen. Da hatte er die Nautilusschalen versteckt.«

12

Er stand vor Trudes Haus und sah den beiden noch nach, wie sie davonfuhren. Malen? Jetzt? Die Ereignisse hatten ihn aufgewühlt.
»Du machst dich völlig verrückt«, sagte er sich laut. Tun konnte er sowieso nichts und Trude hatte wohl völlig recht. Malen wäre genau das Richtige, um sein zerrüttetes Nervensystem wieder zu ordnen. Vielleicht gelang es ihm danach, klarer zu denken. Er lief hinüber zu seinem Häuschen.
Im Sanduhrhaus angekommen, suchte er eilig seinen Skizzenblock. Als er ihn jedoch in der Hand hielt, machte sich Unentschlossenheit in ihm breit. Nein, Schluss mit den Skizzen! Er musste endlich anfangen, richtig zu malen. Er wollte das Licht und die Farben einfangen. Dafür war er schließlich gekommen. Er sah die Staffelei in der Ecke stehen, die bislang noch unbenutzt war. Sollte er es versuchen? Heute? Jetzt? Entschlossen warf er den Skizzenblock wieder auf den Tisch und lud Staffelei, Palette, Farben und Pinsel ins Auto.

Det Grå Fyr, der Graue Leuchtturm, war immer noch im Einsatz. Wegen der Turbulenzen und gefährlichen Strömungen, die durch das Zusammentreffen der beiden Meere vorherrschten, war er unverzichtbar.
Doch mit den sperrigen Malsachen passierte Theo den Leuchtturm und wollte es wagen, weiter am Strand entlangzufahren,

so wie es auch ein Traktor mit Anhänger für die vielen Besucher machte. Theo hoffte, dass ihn die übereifrige Polizistin nicht dabei erwischte.
Etwa fünfzig Meter vor der Spitze schaltete er den Motor aus und holte den Holzkoffer und die Staffelei aus dem Kofferraum. Kaum stand die Staffelei, kamen ihm Zweifel, ob der Ort hier wirklich gut gewählt war, wenn er den Sonnenuntergang festhalten wollte. Die Westküste wäre dafür eigentlich der geeignetere Ort gewesen.
Nein, hier war es gut. Er richtete die Staffelei nach Westen aus und spannte die Leinwand ein. Dann begann er, die Farben zu mischen. Einen Augenblick später hielt er inne.
Hier, am nördlichsten Zipfel Dänemarks, feierte vor über hundert Jahren eine Malerkolonie das Licht. Seltsam, dachte er, dass am Ende eines langen Weges durch eine Gegend, die im Wesentlichen aus Sand bestand, dass in dieser scheinbar der Welt entzogenen Gegend eine Malerei zu Hause war, die bis heute leuchtete. Worin lag ihr Geheimnis? Gab es dafür eine Formel? Oder ging es nicht vielmehr darum, das Geheimnis selbst festzuhalten?
Er blickte über die funkelnde Wasserfläche, in der sich zwei Meere begegneten: die Ostsee und die Nordsee, oder, genauer betrachtet, das Kattegat und das Skagerrak.
Kattegat nannte man diese schmale Meerenge zwischen Dänemark und Schweden. Theo wusste, dass sich der Name aus den niederländischen Wörtern *kat* für »Katze« und *gat* für »Loch« oder »Durchgang« ableitete. In der Seefahrt war das Kattegat aufgrund seiner vielen Untiefen und schmalen Fahrwässer gefürchtet, weshalb die Kapitäne sich dort ähnlich durchschlängeln mussten wie eine Katze, die sich in einen schmalen Durchgang zwängt.
Irgendwo in diesem Katzenloch dort draußen lag sie also, die

Cometen. Wahrscheinlich befand sie sich nur ein paar hundert Meter entfernt auf dem Grund und lag nicht einmal besonders tief. Er versuchte, sich das Wrack vorzustellen, und auf einmal wurde das Wasser vor seinem inneren Auge türkisfarben, er sah sich selbst auf das Wrack zutauchen, das schräg auf der Seite lag, die beiden mächtigen Masten auf dem Boden. Die Seitenwände waren noch intakt, doch vom Deck zeugten nur noch hölzerne Gerippe.

Das Wrack, das er gerade vor seinem inneren Auge sah, war jedoch nicht die *Cometen*. Es war die *Carnatic*, ein Dampfsegler, der 1869 am Riff vor der Insel Shedwan im Roten Meer gescheitert war. Mehr als einmal hatte Theo dieses Wrack besucht und die Tauchgänge dort gehörten zu seinen schönsten Erinnerungen unter Wasser. Damals war Hannah noch an seiner Seite gewesen, beim Tauchen ebenso wie im Leben, bevor er sie mit seiner Selbstbezogenheit und seinem manischen Forscherdrang, der ihn auch am Wochenende ins Institut trieb, in die Flucht geschlagen hatte. Ihn überkam bei dem Gedanken, dass ihm eine Rückkehr in sein altes Leben und unter Wasser für immer verwehrt bleiben sollte, eine tiefe Sehnsucht. Und die übertrug sich nun auf die *Cometen* und ihre bedauernswerte Besatzung. Was war dort passiert? Hatte tatsächlich ein U-Boot den Frachter auf den Grund geschickt, oder war es etwas anderes gewesen? Im 19. Jahrhundert gab es etliche Berichte von Schiffen, die von Pottwalen angegriffen worden waren. Herman Melville war dadurch zu seinem Roman *Moby Dick* inspiriert worden. Pottwale kamen auch hier vor. Vor einigen Jahren hatte es in der Nordsee sogar ein mysteriöses Massensterben von Pottwalen gegeben.

Versonnen sah er einer Silbermöwe nach, die um seinen Kopf kreiste und offenbar darauf spekulierte, dass er etwas Essbares bei sich hatte.

Nach etwas Essbarem suchten offensichtlich auch die beiden großen dunklen Punkte, die Theo plötzlich am Strand sah. Es hatte den Anschein, als würden sie etwas jagen. Ein ganzer Schwarm Möwen erhob sich kreischend und flüchtete Richtung Wasser. Noch ehe Theo es sich versah, erspähten ihn die beiden Tiere und näherten sich ihm in rasendem Tempo. Pferde? Ponys? Dann erkannte Theo, dass es riesige Hunde waren. Konnte er noch weglaufen? Nein. Er rührte sich nicht und schloss seine Augen, aber das Röcheln und Schnaufen der beiden Tiere war nicht zu überhören. Es waren Doggen, und als sie vor ihm Halt machten, reichten sie Theo fast bis zur Brust. Neugierig beschnüffelten sie ihn mit ihren sandbedeckten Nasen und überzogen seine Jacke und Hose mit ihrem Geifer.

»Keine Angst, die tun nichts!«, hörte Theo plötzlich einen heraneilenden Mann rufen, der die Hunde zurückpfiff. »Ancher! Krøyer! Hierher …!«, befahl er streng.

Theo erkannte den Mann, der in einer gelben Daunenweste steckte. Es war Hendrik Bloemsvik, der Museumsleiter. »Ancher, Krøyer? Sie haben Ihre Hunde nach den Malern benannt?« Theo wischte sich mit dem Jackenärmel den Geifer von der Hose.
Bloemsviks Haut war durch die Seeluft noch geröteter als sonst. »Passt doch, nicht?«
Und als wollten die Hunde ihrem Herrchen zustimmen, wackelten sie unruhig mit ihren riesigen Schädeln.
»Na, auch Sie tun es ja unseren Malern gleich! Zumindest versuchen Sie es, viel ist ja noch nicht dabei herausgekommen.« Bloemsvik deutete lächelnd in Richtung leerer Leinwand.
»Nun, ich widme mich hier gerade dem Symbolismus, der sich auf das Geheimnisvolle, das Unerklärliche konzentriert«, konterte Theo.
»Oh, ich sehe, Sie kennen sich mit Kunstgeschichte aus! Wie war noch gleich Ihr Name?«
Bloemsvik zog seine rechte Hand aus dem Handschuh und streckte sie Theo entgegen.
»Theobald Scherzinger.«
Sie schüttelten sich die Hände. Nach einer kurzen Pause zielte Bloemsvik mit seinem Finger auf Theos Auto.
»Ist das Ihr Auto? 1000 Kronen, wenn …«
Theo gefiel Bloemsviks Art nicht.
»Danke, das weiß ich sehr wohl, ich habe bereits Bekanntschaft mit der Polizistin gemacht«, entgegnete er schroff. »Und überhaupt scheinen sich hier zu viele Leute für mein Auto zu interessieren.«
Bloemsvik runzelte fragend seine rote Stirn.
»Ein Zettel. Unter den Scheibenwischer geklemmt. Eine Warnung. Jemand hat wohl etwas dagegen, dass ich mich für Muscheln und Schiffsunglücke interessiere …«

»Eine Warnung? Dort drüben?«, fragte Bloemsvik ungläubig.
»Nein, ich hatte meinen Wagen über Nacht vor dem *Perlboot* stehenlassen.«
»Ach, das *Perlboot*!« winkte Bloemsvik ab. »Da wird definitiv mehr getrunken, als der Leber und dem Verstand zuträglich ist. Die Fischer sind Fremden gegenüber misstrauisch und außerdem der Meinung, man müsse die Toten ruhen lassen. Das sollte man, wie ich finde, respektieren.«
Schweigend schauten die beiden auf die See hinaus, genau an die Stelle, wo die Meere sich treffen. Und auch die Hunde waren auf einmal ganz still geworden, blickten auf das Wasser und spitzten ihre Ohren.
Bloemsvik hob einen Stock vom Boden auf und warf ihn mit voller Wucht ins Wasser.
»Los!«
Beide Hunde rasten hinterher und durch ihr Strampeln wühlten sie das Wasser dermaßen auf, dass sie darin kaum noch zu erkennen waren.
»Wissen Sie, wovor Hunde am meisten Angst haben?« Bloemsvik zeigte in die Richtung des wilden Getöses.
Theo zuckte mit den Schultern.
»Tatsächlich davor, den Kopf unter Wasser zu tauchen. Deswegen strampeln sie so wild. Es gibt nur ganz wenige Hunderassen, die keine Angst davor haben, unterzugehen.«
»Ich konnte es mal«, sagte Theo plötzlich.
»Was?«
»Tauchen.«
»Das schlagen Sie sich hier mal besser aus dem Kopf. Malen ist da eindeutig das ungefährlichere Hobby. Obwohl: Krøyer hatte später eine seelische Erkrankung …«
»Eine seelische Erkrankung?«, fragte Theo.
»Ja, ist dann wohl doch zu lange in Skagen geblieben«, sagte

Bloemsvik bedeutungsvoll und schaute auf seine Uhr: »So, ich muss zurück ins Museum. Viel Erfolg noch mit der Ergründung des Unerklärlichen, wie es die Symbolisten ja nannten … Kommen Sie doch ruhig mal wieder bei mir vorbei, dann können wir das Thema doch mal bei einem Tee erörtern?«
Bloemsvik verabschiedete sich.

13

Theo ließ sich in den Sand sinken. Er war bekümmert und fühlte sich einsam. Auch das Meer war wortlos und unermüdlich in seinem endlosen Wellenschlag.
Und dann fing er plötzlich an zu malen. Zunächst grundierte er die Leinwand in blauen und türkisfarbenen Tönen. Wie er diese Farben vermisst hatte. Es entstand eine Unterwasserlandschaft und in diese, auf dem Grund, platzierte er die Umrisse eines Wracks.
»Und das sehen Sie hier?«, hörte er eine ungläubige Stimme hinter sich sagen. Er schaute sich um und sah in die müden Augen der Polizistin. Hatte Bloemsvik ihn angeschwärzt?
»Also, ja … nein«, stammelte er.
»Ja, was nun, ja oder nein?«, wollte sie wissen. In ihren Augen blitzte aber ein Lächeln.
»Mir sind gerade meine Erinnerungen mit mir durchgegangen. Ich hab das Motiv vor meinem inneren Auge gesehen, sozusagen. Eigentlich wollte ich den Strand und dann den Sonnenuntergang malen.«
»Und dafür mussten Sie natürlich mit dem Auto den Strand entlangfahren, ja?«
»Ja, ich weiß. Tut mir leid. Aber das ganze Zeug hier …«
Er deutete auf seine Malsachen.
»Ich verstehe schon. Ich will Sie jetzt auch nicht verscheuchen. Wenn Sie weitermalen wollen, weil sie gerade die Muse geküsst

hat, dann tun Sie das. Ich will nicht daran schuld sein, wenn aus Ihrer Kunst nichts wird.« Sie zwinkerte belustigt. »Aber vielleicht halten Sie sich in Zukunft bitte an unsere Gepflogenheiten.«

»Aber natürlich, Frau …?« Er reichte ihr die Hand.

Sie lachte.

»Ich bin Jonne. Wir sind hier in Dänemark und viel ungezwungener als ihr Deutschen. Das ist hier normal, Theo.«

»Sie kennen meinen Vornamen?«

»Lass doch mal dieses ›Sie‹! Ich kenne die Vornamen all meiner *Pappheimer* – so sagt man, glaube ich, auf Deutsch.«

»Pappenheimer, ja genau.« Er schmunzelte. »Dann gehöre ich sozusagen zu den üblichen Verdächtigen.«

»Was Verkehrsverstöße betrifft, ja. Aber …«

»Was aber?«, fragte Theo.

»Na ja … Du machst hier einige Leute nervös.«

»Wen denn? Dich etwa?«

Sie lachte wieder.
»Das würde dir so passen. Nein – nicht alle hier mögen es, wenn man alte Geschichten ausgräbt.«
»Und wenn sie in Form von Perlbooten hier angespült werden?«
Sie blickte wieder sehr ernst. Die müden Augen waren auf einmal hellwach.
»Wie meinst du das?«
»Sind Seefahrer nicht von alters her abergläubisch?«
Sie schüttelte den Kopf.
»Theo, du bist ein komischer Kauz, aber ich mag dich irgendwie.«
»Und was wirst du unternehmen? Immerhin scheinen die Schalen ja für Unruhe zu sorgen.«
Sie zog überrascht die Augenbrauen hoch.
»Unternehmen? Ich bitte dich. Du bist in ein paar Wochen wieder weg, aber ich werde mein Leben lang hier hängenbleiben – und bald bin ich auch nicht mehr allein.«
Er nickte nur. Und plötzlich lächelte sie unsicher.
»Ich höre jetzt täglich Musik. Und manchmal habe ich das Gefühl, wir hören sie gemeinsam.« Sie strich sich sanft über ihren Bauch. Dann wandte sie sich ab und ließ Theo sprachlos zurück.
Sie hielt kurz inne und drehte sich noch einmal um.
»Und wenn du deine Staffelei mal wieder hier aufstellen willst, na ja, dann drücke ich ein Auge zu.«
Sie zwinkerte und ging davon.
Es begann zu dämmern. Meer und Himmel verschmolzen zu einem tiefen Blau, das vom feuchten Sand reflektiert wurde.
Nachdenklich packte Theo seine Sachen in den Wagen. Die Begegnung mit Jonne hatte ihn überrascht. Offenbar war sie gar nicht der Drache in Uniform, für den er sie gehalten hatte. Doch was wollte sie von ihm? Es war eine Warnung, aber keine

Drohung gewesen. Und sie hatte ihm durch die Blume klargemacht, dass sie ihm nicht helfen konnte, wenn es richtigen Ärger mit den Fischern geben sollte. Was wusste sie?

Das Klingeln des Handys riss ihn aus seinen Gedanken. Es war Trude, sie hatten Ben in einem der kleinen Bunker am Strand gefunden. Dort hatte er sich offenbar schon vor Längerem ein Geheimversteck eingerichtet. Stein und sie hatten Ben überzeugt, dass er, Theo, es nicht böse gemeint habe und dass die Sache mit dem Meeresrauschen im Grunde ja auch nicht falsch sei, weil es doch immer nur darum gehe, wie jemand eine Sache betrachten würde. Ben sei zwar immer noch verstimmt, aber sie seien nun zu Hause, und wenn Theo wolle, könne er gerne vorbeikommen und selbst mit Ben sprechen.

Theo beeilte sich, doch als der Wagen vor Trudes Haus ausrollte, blieb er sitzen. Die Angst kroch wieder in ihm hoch. Was, wenn er den Jungen abermals enttäuschen würde? Theo versuchte sich zu beruhigen. Vielleicht war der Weg auf den Grund des Skagerraks gar nicht mal nötig. Es gab doch sicher auch alte Quellen, Kirchenchroniken, Schifffahrtsregister, so etwas. Es konnte doch nicht so schwer sein, das Geheimnis des »Braunen Jungen« zu lüften, ohne dass man sich dafür in ein selbstmörderisches Abenteuer stürzen musste.

»Da bist du ja!«, rief Trude fröhlich, als er einige Minuten später an Trudes Tür klingelte.

»Ich war draußen am Grenen und habe gemalt, so wie du es mir geraten hast, hatte ich das am Telefon nicht gesagt? Aber diesmal richtig mit Pinsel und Farben – und an einer Staffelei. Das musste ich alles erst mal verstauen.«

Sie betraten die Küche. Stein und Ben saßen am Tisch, und als Theo hereinkam, runzelte der Junge die Stirn.

»Hallo, Ben …«, meinte Theo. Ben brummte etwas vor sich hin und sah Theo dann ernst an:

»Stein hat mir alles erklärt«, begann der Junge. »Es war nicht nett von dir, dass du mich angelogen hast. Aber ich weiß, es war nicht böse gemeint.«
Trude schaute Ben auffordernd an.
Dieser gab sich einen Ruck.
»Trude hat mir auch gesagt, dass du das Rätsel der Nautilusschalen lösen willst? Und dass du mich dafür brauchst?«
Ben schaute Theo ungläubig und zugleich erwartungsvoll an. Der verstand jedoch nicht recht, bis er Trudes eindringlichen Blick erhaschte.
»Ähm … ja, genau. Mich lässt das einfach nicht los, wie die Perlboote hierherkommen. Ich weiß noch nicht so recht, wie ich es angehe, aber du musst natürlich dabei sein, schließlich hast du die Muscheln ja gefunden! – Abgemacht?« Theo war froh über seine Geistesgegenwart, hielt ihm die Hand hin und Ben schlug ein:
»Abgemacht!«
»Moment mal«, fuhr Trude dazwischen. »Wie wollt ihr denn irgendwas über Perlboote rausfinden, wenn ihr euch nicht mal ins Wasser traut? Und außerdem ist Ben nicht hier, um irgendwelche Rätsel zu lösen, sondern um schwimmen zu lernen. Und solange du da nicht vorankommst, Ben, erlaube ich nicht, dass du dich mit irgendwelchen Rätseln befasst.«
Trude blickte streng zu Ben und Theo. Ben schien mit sich zu ringen.
»Also gut … aber nur bis zu den Knien ins Wasser!«
»Na ja, für den Anfang besser als gar nicht«, seufzte Trude. »Also, morgen um neun geht es an den Strand. Theo, du holst uns um acht Uhr dreißig hier ab, Badesachen nicht vergessen. Und damit das klar ist: Du musst natürlich auch ins Wasser. Abgemacht?«
Die beiden stimmten zu.

Am Abend saß Theo in seinem Häuschen und lauschte den Sandkörnern. Es schien, als ob der Wind versuchte, sie mit aller Kraft unter der Tür hindurchzupusten.
Er dachte an Ben und Trude und die Ereignisse des Tages. Er war glücklich, dass er sich mit Ben versöhnen konnte. Und er wusste, dass er ein Versprechen gegeben hatte, das er nicht brechen sollte. Dann dachte er plötzlich an Jonne, wie sie dastand, um ihm zu sagen, dass sie jetzt Musik höre. Wie sich das Licht in ihrem Haar verfangen hatte. Vielleicht hätte er sie malen sollen.

14

Thalassophobie leitet sich vom griechischen Wort *Thalassa* ab, was so viel wie *Meer* bedeutet. Theo hatte nach dem Unfall auf Bali angefangen, sich damit eingehend zu beschäftigen, mit dieser menschlichen Urangst vor dem Wasser. Theo hatte sie schon als kleines Kind abgelegt, tiefe Gewässer hatten ihn immer fasziniert und er hatte früh und ohne große Furcht schwimmen gelernt und es immer geliebt, ins Wasser zu steigen. Doch in den vergangenen Monaten hatte er es nicht einmal über sich gebracht, in der Schwimmhalle Bahnen zu ziehen. Ein paar Mal hatte er es versucht – und stand doch jedes Mal angstvoll am Beckenrand und ging dann unverrichteter Dinge zurück in die Umkleide. Aber Trude hatte keine Ausrede gelten lassen, selbst das recht kühle Wasser nicht, und so stand Theo nun bis zum Bauchnabel neben Ben im Meer. Dass ihm die Knie gar nicht vor Kälte zitterten, wollte er sich nicht anmerken lassen.

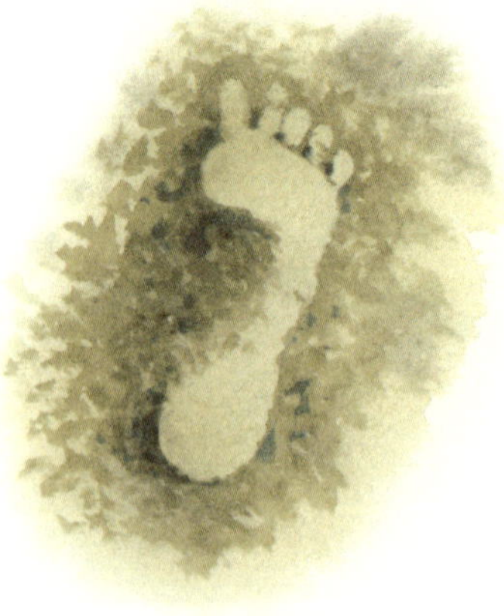

»Schließt jetzt fest die Lippen und geht mit dem Oberkörper bis zum Mund unter Wasser, nicht weiter. Bleibt dort ein paar Sekunden. Ihr werdet merken, dass es nicht schlimm ist. Dann kommt ihr

wieder aus dem Wasser heraus. Wiederholt das ein paar Mal!«, rief Trude den beiden zu, obwohl sie eigentlich Ben ansprach. Theo hatte die beiden pünktlich abgeholt und sie waren zu einem südlich gelegenen Badestrand an der Ostsee gefahren. Die Luft war klar, das Meer glänzte friedlich in der Bucht.
»Sehr gut! Bevor ihr jetzt untertaucht, atmet durch den Mund ein. Geht nun so weit unter Wasser, dass Mund und Nase bedeckt sind. Lasst dann über den Mund langsam die Luft ab. Macht die Lippen dabei ganz locker, als wenn ihr ein B aussprechen wollt.«
Trude blähte ihre Backen auf und machte ein lustiges Geräusch. Ben musste lachen.
»Ich mache es mal vor. Als ob ihr in eine Tuba blast …«
Trude hatte eine Badekappe auf und bis zu deren Rand ging sie unter Wasser und machte beim Ausatmen überdeutlich Blasen. »Na, wer kann mehr?«
Ben bereitete das Blubbern sichtlich Freude.

»Hab keine Angst, wenn deine Ohren unter Wasser kommen. Das Wasser läuft ebenso schnell wieder heraus, wie es gekommen ist. Falls nicht, wirst du es bald merken, weil dann dein Ohr wie verstopft wirkt. Die Schuld daran liegt dann nicht beim Wasser, sondern bei zu viel Ohrenschmalz!« Trude kicherte jetzt kindlich. »Nein, das kriegt man wieder heraus, indem man auf einem Bein hopst und den Kopf zur Seite …«
Trude machte es im Wasser vor und Theo bemerkte, wie drahtig Trude immer noch war. Ben hüpfte gleich mit.
»Taucht jetzt euren Kopf komplett unter und blubbert, macht ein paar Blasen! Dann wieder hoch, tief Luft holen, und wieder runter und dann durch die Nase ausatmen, diesmal länger …«
Theo erinnerte sich sofort ans Tauchen, waren doch Blasen ein ständiger Begleiter eines jeden Tauchgangs.

Als Ben wieder auftauchte und seine Augen öffnete, rief er: »Ahhh, das brennt …!«

Er ließ sich nicht beruhigen und rannte aus dem Wasser. Für Theo war es erstaunlich, wie ruhig und bestimmt Trude Ben nach kurzer Zeit wieder ins Wasser lotste.

»Klar, du hast gemerkt, dass Wasser in deine Augen kommt und sich das ungewohnt anfühlt. Manche sagen, es brennt. Aber für mich ist Brennen in den Augen etwas anderes. Es ist einfach nur das ungewohnte Gefühl, Wasser in den Augen zu haben. Anders als jetzt wird es sich unter Wasser nicht mehr anfühlen.«

15 Man müsse nur erstmal ein Gefühl für das Wasser bekommen, sich an das Element gewöhnen, sagte Trude dann zu Beginn der nächsten Schwimmstunde.

Abstoßen, gleiten, strampeln, ja, das alles gehöre dazu, sagte sie.

»Und: Man kann sogar auf dem Wasser schweben. Wusstest du das, Ben?«

»Ja, ich … ich habe das mal gemacht. – Mit Papa«, fügte er leise hinzu.

Trude legte ihm die Hand auf die Schulter und fragte sanft: »Aha, und wie genau habt ihr das gemacht?«

»Ich habe mich im Schwimmbad auf den Rücken gelegt. Erst hat Papa mich gehalten. Und dann bin ich geschwebt.«

»Das klingt gut. Sollen wir das auch probieren?«

Ben war seine Verunsicherung anzumerken. Er hüpfte von einem Bein auf das andere. Trude schaute zu Theo.

»Soll Theo …?«

»Mich braucht keiner zu halten. Ich kann das schon«, sagte Ben trotzig.

»Okay, wie du meinst. Es ist ja auch nicht so kompliziert. Wenn man das kann, kann man sich auch über Wasser halten, selbst, wenn man nicht mehr schwimmen kann. Es kostet nämlich keine Kraft. Man nutzt den Auftrieb des eigenen Körpers. Also, kommt mal mit …«

Bis zum Bauchnabel gingen sie ins Wasser.
»So, jetzt drehen wir uns um, Blick Richtung Strand, und gehen auf die Knie. Atmet tief ein, und während ihr wieder ausatmet, stoßt ihr euch mit leichtem Schwung aus den Knien nach hinten in die Rückenlage. Ich mache es mal vor.«
Trude legte sich auf den Rücken, wobei sie mit den Armen paddelte und mit dem Kopf aus dem Wasser ragte.
»So, auch wenn es sich zunächst nicht angenehm anfühlt, gilt es nun die Ohren unter Wasser zu tauchen. Legt dazu euren Kopf zurück, bis beide Ohren komplett unter Wasser sind.«
Etwas außer Atem fuhr sie fort.
»Wenn die Ohren nicht unter Wasser sind, bedeutet das nämlich, dass der Hals angespannt ist, uff, wie bei mir jetzt gerade. Dann kann der Körper nicht so leicht auf dem Wasser treiben. Dann hebt ihr euer Kinn leicht aus dem Wasser und schaut Richtung Himmel. Also, abheben zum Schweben ...«
Trude senkte ihren Kopf ins Wasser und nach kurzer Zeit schwebte sie regungslos im Wasser. Nur ihr Gesicht ragte wie ausgeschnitten aus der Wasseroberfläche.
»So, jetzt ihr. Lasst euch vom Wasser tragen. Seid geduldig, stabilisiert mit euren Armen, ihr könnt ruhig auch ein wenig paddeln ... wer traut sich zuerst?«
»Ich will«, sagte Ben. Er ließ sich auf den Rücken gleiten, fuchtelte recht wild mit den Armen, prustete, doch langsam beruhigte sich sein Körper und er lag ruhig auf dem Wasser. Sein Gesicht entspannte sich.
»Klasse, Ben«, sagte Trude – doch genau in dem Moment rollte eine Welle auf Ben zu.
Sie war nicht hoch, aber es reichte, um Bens Gesicht zu überspülen. Er atmete Wasser ein und bekam keine Luft. Ben strampelte, er verlor die Orientierung. Schließlich zog Theo ihn aus dem Wasser.

Ben ächzte nach Luft. Er würgte. Ben schlug um sich, die Schläge trafen Theo. Er schrie. »Papa, Papa!« Dann: »Ich will nicht ertrinken.« Er zitterte und fing an zu schluchzen.
Auch Trude umklammerte nun den Jungen. »Alles ist gut. Wir halten dich. Dir kann nichts passieren.«
Sie brachten Ben an den Strand und Trude wickelte ihn in ein großes Handtuch. Ben und Trude setzten sich auf die Decke, die sie dort ausgebreitet hatten, und Trude holte eine Packung Kekse aus ihrer Tasche und reichte Ben ein Taschentuch. Er wischte sich die Tränen ab und nahm einen Keks.
»Willst du dich zu uns setzen, Theo?«, fragte sie. Aber Theo war zu unruhig und schüttelte den Kopf. Der Kontakt mit dem Wasser hatte ihn zwar an den Unfall erinnert, aber auch daran, wie sehr er sich im Meer immer in seinem Element gefühlt hatte.

Es übte auch jetzt wieder diese alte, fast vergessene Anziehung auf ihn aus.
»Ich gehe nochmal rein«, sagte er und lief entschlossen ins Wasser. Er zögerte nur einen kurzen Moment, dann schwamm er los. Das kalte Wasser umfing ihn, sein Herz raste, doch er fühlte sich nach all den Monaten der Resignation und Trauer endlich wieder lebendig.

16

Kaum eine Armlänge von Theo entfernt, auf einem einfachen Holztisch, lag der regungslose Körper eines Mannes. Das Meerwasser rann noch immer aus seinen tropfnassen Haaren. Um den Toten drängten sich Menschen. Die hängenden Arme der Männer sprachen von Erschöpfung und Niedergeschlagenheit darüber, dass sie den Fluten lediglich den leblosen Körper hatten entreißen können. Besonders ergriff Theo die Frau mit Kopftuch, in deren Blick sich Liebe und Kummer zugleich widerspiegelten.

Theo war noch am Nachmittag ins Skagen-Museum gefahren und stand jetzt wie gebannt vor dem monumentalen Werk *Der ertrunkene Fischer* von Michael Ancher.

Der Kopf des Ertrunkenen war nach hinten geneigt, der Mund geöffnet. Die Augen waren glasig und starrten ins Leere. Die Haare hingen vor der Stirn. Theo schauderte es.

Er musste an das Erlebnis während der Schwimmstunde denken. Ben hatte einen Panikanfall gehabt. Er hatte Wasser geschluckt und keine Luft bekommen.

»Das Wasser ist dein Freund, nicht dein Feind«, hatte Trude gesagt.

Theo war erstaunt gewesen, dass Ben heute Morgen dennoch wieder bereitwillig im Wasser gestanden hatte. Vielleicht wollte er nicht hinter Theos Mut, zu schwimmen, zurückstehen.

»So, diesmal machen wir einen Seestern. Dabei hält Theo erstmal deinen Kopf, Ben!«
Ben seufzte. Ihn hatte das gestrige Erlebnis erneut verängstigt. Doch Trude hatte ihm versichert, dass er schon sehr gut im Wasser geschwebt war, nahezu perfekt, und es nur die Schuld der Wellen gewesen war.
Deswegen hatte Trude heute eine ganz ruhige Bucht aufgesucht und Ben so ermutigt, es nochmal zu versuchen.
»Also, Rückenlage, Theo hält deinen Kopf und dann streckst du Arme und Beine sternförmig aus. Sei ein Seestern. Okay?«
Ben glitt in die Rücklage. Theo hielt Bens Kopf in beiden Händen. Ben streckte Arme und Beine aus.
Theo sah in Bens Gesicht. Die Sommersprossen. Die nassen Haare auf der Stirn. Die Verunsicherung in seinen glänzenden Augen. Ein Junge, wie auch er einmal einer gewesen war.
»Loslassen? Soll Theo mal deinen Kopf loslassen?«, rief Trude nach einiger Zeit.
Ben schüttelte den Kopf. Doch dann nickte er. »Jetzt.«
Wie aus einer Schale ließ Theo Bens Kopf sanft ins Wasser gleiten. Ben schwebte. Lange. Und dann lächelte er.
Er tauchte auf, um gleich zu sagen: »Nochmal!«
»Ich habe es gewusst, du kannst es!«
Ben hatte einen großen Schritt gemacht.

Da unten aber ist's fürchterlich! Immer wieder hämmerte diese Zeile aus Schillers Ballade »Der Taucher« in seinem Kopf, als er am Abend im Bett lag. Was würde er tun, wenn die Antwort auf dem Meeresgrund und nicht irgendwo an Land zu finden war? Er hatte Ben sein Versprechen gegeben, und von diesem Moment an ging ihm die Ballade nicht mehr aus dem Kopf.
Wer wagt es, Rittersmann oder Knapp,
zu tauchen in diesen Schlund?

Und mit Schillers Versen wanderte seine Erinnerung zurück, viele Jahre zurück, bis zu jenem Vorabend der Katastrophe. Sie hatten alle auf der Veranda der großen, mit Palmblättern gedeckten Hütte zusammengesessen, eigentlich eher einer Villa mit traditionellem indonesischem Bandi, einem oben offenen Badezimmer. Der Kühlschrank war gut gefüllt mit Bintang-Bier und sie redeten sich die Köpfe heiß, über den Tauchgang am Felsen von Tepekong, den sie am nächsten Morgen unternehmen wollten. Es war Cindy, die Australierin, die Bedenken geäußert hatte. Sie war in Cairns aufgewachsen, am Great Barrier Reef, hatte schon als Kind das Tauchen gelernt und war trotz ihrer jungen Jahre wohl die erfahrenste Taucherin in der Runde. Sie kannte die Tepekong-Insel und warnte vor den unberechenbaren Fallströmungen. Auch Theo war schon einige Male dort gewesen und hatte die unterschiedlichsten Verhältnisse dort erlebt. Doch Theo wiegelte ab, aus gutem Grund: Mit den Mondphasen änderten sich auch die Gezeitenverhältnisse und damit die Strömungen. Wenn überhaupt, dann müssten sie es morgen versuchen. Schon zwei oder drei Tage später wäre das Tauchen am Cañon von Tepekong nicht mehr möglich und sie würden wieder mindestens einen Monat warten müssen. Cindy stellte in Frage, ob der Erkenntnisgewinn des Tauchgangs wirklich von solch entscheidender Bedeutung für das Forschungsprojekt war, dass sie ein solches Risiko eingehen sollten.
Im Grunde hatte sie Recht gehabt, das spürte er schon damals, doch Theo musste es besser wissen. Er sah durch die junge Kollegin seine Autorität in Frage gestellt, und andererseits liebte er diesen Tauchplatz trotz seiner schwierigen Bedingungen. Im Idealfall würde die Strömung sie in hoher Geschwindigkeit über den Cañon tragen, und unter ihnen würden die Haie nebeneinander aufgereiht liegen wie Autos auf einem Parkplatz. Der Anblick war, das wusste er vom letzten Mal, atemberau-

bend. Sie würden auf die Felswand zurasen und mussten im richtigen Moment nach links aus der Strömung herauskommen, um dann gemächlich mit dem Wiederaufstieg zu beginnen. Es war fast wie auf dem Rummelplatz. Doch Cindy schüttelte immer wieder den Kopf und Theo bemerkte, dass sie so langsam auch die anderen in der Gruppe beeindruckte.
Dann stellte sich Theo auf und begann auf Deutsch theatralisch die erste Zeile des »Tauchers« vorzutragen.
Er erklärte dem multinationalen Team, dass es sich um eine berühmte deutsche Ballade von Friedrich Schiller handelte.
Theo hatte seine Bühne gefunden und zitierte weiter aus dem Gedicht. Er erntete auch manchen Lacher, als er berichtete, wie es zu dem Vers kam:
»*Schwarz wimmelten da, in grausem Gemisch, zu scheußlichen Klumpen geballt, der stachlichte Roche, der Klippenfisch, des Hammers gräuliche Ungestalt, und dräuend wies mir die grimmigen Zähne der entsetzliche Hay, des Meeres Hyäne.* –
Rochen, Hammerhai und Hai kennen wir alle, aber wer von euch hat schon einen ›Klippenfisch‹ beim Tauchen gesehen?«, hatte Theo in die Runde gefragt, und alle hatten nur fragend den Kopf geschüttelt. Tatsächlich hatte Schiller schon mal etwas von Klippfisch gehört, aber nicht gewusst, dass es sich dabei um getrockneten Fisch handelte.
»Er hätte also genauso gut über Stachelrochen und Fischstäbchen schreiben können«, hatte Theo seinen kleinen Vortrag beendet, was mit allgemeinem Gelächter, Anstoßen und einem großen Schluck aus den Bierflaschen endete. Cindys Einwände waren buchstäblich weggespült worden und über den Tauchgang wurde nicht mehr diskutiert.

Nun wälzte sich Theo Jahre später in seinem Bett im Sanduhrhaus schlaflos hin und her. Der Sand prasselte an die Fensterscheiben und draußen in der Luft lag ein Sausen, es übertönte das Rollen des Meeres. Der Mond war aufgegangen, es war hell genug, um zu sehen. Das Mondlicht auf der Wand ließ seine Erinnerungen an jenen Abend in Bali wachwerden.

Ja, er stand damals im Mittelpunkt. Seine offensichtliche Bildung hatte die jungen Leute tief beeindruckt und auch die Leichtigkeit, mit der er aus der Ballade zitierte, brachte ihm viel Beifall, der seiner Eitelkeit schmeichelte. Und nun, in dem kalten, windzerzausten letzten Zipfel Dänemarks, drängte sich ihm vor allem die letzte Strophe der Ballade auf, und er flüsterte leise vor sich hin:

»*Wohl hört man die Brandung, wohl kehrt sie zurück, sie verkündigt der donnernde Schall, da bückt sichs hinunter mit liebendem Blick es kommen, es kommen die Wasser all,*

Sie rauschen herauf, sie rauschen nieder, den Jüngling bringt keines wieder.«

Nach einem kurzen, wenig erholsamen Schlaf wuchtete er sich aus dem Bett. Nachdenklich blieb er auf der Kante sitzen. Es musste doch einen Zusammenhang zwischen den Nautilusschalen und den beiden Opfern des Schiffsunglücks geben. Der Dunkelhäutige, dieser Brune Dreng, stammte bestimmt aus der Südsee, denn wer sonst sollte vor gut hundert Jahren die Schalen solch seltener Meeresbewohner bei sich geführt haben? Aber warum hatte er sie hierhergebracht?

Bestimmt gab es doch auch heute noch irgendwo Hinweise auf den Brune Dreng. Vielleicht in den Gemeindechroniken?

17

Er fuhr zur Kirche von Skagen, einem ockergelben Bau mit spitzem Turm, den eine gepflegte Rasenfläche und ein weißer niedriger Gartenzaun umgab. Eine Gemeindehelferin schickte Theo ins benachbarte Pfarrhaus, ein zweistöckiges Gebäude aus rotem Klinker.

Theo trat nach einem kurzen Klopfen ein. Schon der großzügige, lange Flur zeigte, dass es kein gewöhnliches Pfarrhaus war. Er leuchtete in einem kräftigen Rot, und zu Theos großer Überraschung glich das Innere einem Naturkundemuseum. In den Gängen standen große, alte Vitrinen, in denen sich ausgestopfte Vögel, Fische in Lösungen und Tierskelette befanden, teils eingebettet in eine Landschaft künstlicher, aber auch echter, getrockneter Pflanzen. Es waren sehr viele, aneinandergereiht ohne sichtbare Logik. Wattenmeervögel, darunter Säbelschnäbler, Ringelgans, Austernfischer, Sandregenpfeifer und wie sie alle hießen. Krebse, Muscheln und sogar ein Seehund. Besonders beeindruckend war die Größe des Seeadlerpräparates.

Doch an den Ausstellungsstücken waren die Jahrzehnte nicht spurlos vorbeigegangen. Theo sah, dass das Fell und Gefieder der Tiere ausgeblichen und die Pflanzen welk waren.

»Rigtige kunstværker, ikke?«, empfing ihn der Pastor, der aus einem hinteren Raum in den Flur trat. Theo gab zu verstehen, dass er aus Deutschland kam.

»Ach so …« Wieder zeigte der Pastor Richtung der Vitrinen. »Echte Kunstwerke, nicht wahr? Das Zusammenspiel von kunstvoll ausgestopften Tieren, künstlichen Pflanzen und Hintergrundbildern …«, fuhr der Pastor fort. »Es erzählt die Geschichte der dänischen Tierwelt in Vergangenheit und Gegenwart.«
Theo musterte den Mann mit seinem runden, roten Gesicht, das ein blonder Backenbart zierte. Zu Theos Überraschung trug er einen Ohrring. Die beiden machten sich bekannt.
Für Theo machte Pastor Hollebæck eine kleine Führung, er erzählte von den Schulklassen, die regelmäßig kämen. Schließlich fragte er Theo nach dem Grund seines Besuchs. Theo zog die Nautilusschale aus seiner Tasche und sagte, er interessiere sich für das Phänomen der Perlboote, von denen ein Junge ein paar Exemplare am Strand gefunden habe.
Der Pastor zog die rechte Augenbraue hoch und bat ihn in sein Arbeitszimmer. Er nahm hinter einem großen Schreibtisch Platz und wies Theo den Stuhl gegenüber. Theo setzte sich. Bedeutungsvoll sagte Hollebæck:
»Früher ging es bei Dioramen darum, den unberührten Naturraum von Tieren darzustellen. Diese Meeresbewohner hier …« – dabei deutete er auf das Perlboot, das Theo noch immer in der Hand hielt – »… drehen den Spieß einfach um: Sie dringen in menschliches Territorium vor!«
»Nun, sie scheinen nicht von selbst gekommen zu sein.«
»Eine invasive Art? Klimawandel?«, fragte der Pastor scheinheilig.
Theo kniff ein Auge zu und schaute in die Öffnung des Perlboots, gerade so, als könne er im dunklen Inneren den Anfang der Spiralform sehen.
»Mir scheint es eher, als erzählte diese Schale eine Geschichte aus der Vergangenheit, die bis in die Gegenwart reicht«, deutete Theo an. »Was wissen Sie vom Brune Dreng?«

Pastor Johannes Hollebæck lehnte sich in seinem schwarzen Sessel weit zurück und presste die Fingerspitzen auf seinem runden Bäuchlein fest aneinander.
»Ja, ja, die Legende von der *Nautilus*. Weshalb interessieren Sie sich dafür?«, fragte er in salbungsvollem Ton.
Doch bevor Theo antworten konnte, fuhr er einfach fort, als wäre er auf dieses Gespräch schon vorbereitet.
»Schauen Sie, Sie sind nicht von hier. Sie sind ein Fremder, der die Dinge ganz anders bewertet als die Menschen, die hier ein Leben lang zuhause sind. Und dann sind Sie auch noch Deutscher. Sie müssen doch nur am Weststrand entlanggehen. Die vielen Bunker. Der Atlantikwall. Das erinnert die Menschen hier jeden Tag an die Zeit der Besatzung. Nicht im Sommer natürlich, wenn so viele Deutsche hier sind, denen man Eis verkaufen oder die man mit dem Sandormen zum Grenen hinausfahren will. Doch dann, wenn es wieder ruhiger wird, kommen auch die Erinnerungen zurück, Erinnerungen, die sich tief ins kollektive Gedächtnis eingegraben haben – und dort besser begraben bleiben.«
Auf diesen Angriff war Theo nicht gefasst gewesen, doch er beschloss, ihn geflissentlich zu ignorieren, und fragte unbeirrt: »Gibt es hier irgendwelche Unterlagen, in denen ich etwas über den Brune Dreng erfahren könnte? Chroniken, Pfarrbücher, so etwas.«
»Ich bedaure. Während der Besatzung durch die Nazis ist leider unser früheres Pfarrhaus von der Wehrmacht niedergebrannt worden. Die Gestapo vermutete, dass mein Vorgänger dort Juden versteckt hatte.«
»Und? Hatte er?«
Der Pastor schmunzelte.
»Sehen Sie, es gibt in Dänemark eine Legende. Anfang Oktober 1943 sollten die dänischen Juden in Konzentrationslager

deportiert werden. König Christian X., heißt es, sei am nächsten Tag mit einem Judenstern am Mantel ausgeritten.«
»Ja«, sagte Theo. »Davon habe ich gehört.«
»Leider stimmt die Geschichte nicht. Christian hat während der Besatzung viele bewundernswerte Dinge getan, aber er ist nie mit einem Judenstern an der Uniform ausgeritten. Ist die Legende deshalb unwahr? *Was ist die Wahrheit?*, fragte der römische Statthalter Pontius Pilatus, als er über unseren Herrn Jesus Christus zu Gericht saß. Ob im Pfarrhaus wirklich Juden versteckt waren, weiß ich nicht. Ich war damals noch nicht geboren und diejenigen unserer Gemeindemitglieder, die schon geboren waren, waren noch zu jung. Genauso ist es doch beim Brune Dreng. Es lebt niemand mehr, der das alles miterlebt hat. Alles, was wir hören, kann wahr sein oder auch nicht. Am Ende bleibt eine Legende und die Wahrheit spielt keine Rolle mehr. Narrative sind wichtig, nicht Fakten. Fakten kann man so oder so erzählen. Man kann sie biegen, kneten und am Ende verformen. Narrative sind viel stabiler. Narrative formen Legenden, nicht Fakten.«
»Ich bin Wissenschaftler, ich glaube nicht an alte Geschichten, sondern an Fakten! Warum bringt jemand vor rund hundert Jahren Nautilusschalen nach Dänemark!?«, fragte Theo, der nun lauter geworden war.
Pastor Hollebæck zuckte mit dem Schultern. »Tja, das wüsste ich auch sehr gern. Das werden wir wohl nie herausfinden.«
»Doch, ich werde …«
»Ach so, wie denn?«
»Ich bin Meeresbiologe!«, sagte Theo forsch.
»Meeresbiologe?«
Das beeindruckte den Pastor offensichtlich. Theo presste die Lippen zusammen und fragte dann erneut: »Also, was wissen Sie vom Brune Dreng?«

Der Pastor zögerte.
»Sie versprechen, mir Ihre Erkenntnisse mitzuteilen?«
Theo nickte.
»Also gut. Die Legende besagt, dass der Brune Dreng aus der Südsee stammte, und zwar von einem Volk, das daran glaubte, dass man im Inneren einer Nautilusschale das Meer höre.«
Theo staunte.
»War der Brune Dreng denn derjenige, der die Nautilusschalen nach Skagen bringen wollte?«
»Das wissen wir nicht. Auch nicht den Grund. Tatsächlich habe ich mal in alten Aufzeichnungen eines Missionars Erwähnungen von einem Volk in der Südsee gefunden, das Muscheln verehrte. Darin schrieb der Missionar, dass sie daran glaubten, in den Muscheln verberge sich das Meer. Aber nicht das Äußere des Meeres, nicht die gewaltigen Wasser, sondern sein Wesen. Verstehen Sie? Sie glaubten, wir sind selbst das Meer. Verrückt, oder? Offensichtlich konnten sie nicht zwischen der äußeren Welt und der inneren unterscheiden. Mehr weiß ich leider auch nicht«, seufzte der Pastor.
Hollebæck stand auf und machte Theo damit unmissverständlich klar, dass das Gespräch beendet war.
»Also, halten sie mich auf dem Laufenden, sagen Sie mir, was Sie rausgefunden haben. Und sprechen Sie mit dem Jungen. Er muss die Nautilusschalen hier abgeben …«
»Ich danke Ihnen, dass Sie sich Zeit genommen haben«, unterbrach ihn Theo.
»Vielleicht kommen Sie ja mal am Sonntagmorgen in den Gottesdienst.«
»Das wird leider nicht möglich sein.«
»Oh, warum denn nicht?«
»Ich bin katholisch!«

Theo stand auf dem Gipfel der Wanderdüne, hoch über dem Sanduhrhaus, das ihm jetzt gewissermaßen zu Füßen lag. »Vindbrud« nannte sich auf Dänisch das Phänomen, wenn Sand vom Wind erfasst wurde, an der Windseite der Düne anhob und an der windabgewandten Seite der Sand dann wieder herabrieselte. Durch dieses Phänomen bewegte sich die Düne, sie wanderte. Und das Gebiet auf der Windseite der Düne verödete.
»Woran glaube ich?«, schrie Theo in die weite Ebene, so laut er konnte, und breitete dabei die Arme aus.
Er glaubte an die moderne Wissenschaft. Ja, Komplexität und Ordnung faszinierten ihn. Er ließ seinen Blick über den Horizont streifen. Überall, wo man hinguckte: Komplexität und Ordnung, ob im Universum, in der Mathematik oder in einer Nautilusschale.
Wirklich? Ein Volk irgendwo da unten in der Südsee hatte einst offensichtlich daran geglaubt, in einer Muschel das Meer zu hören. Vielleicht taten sie das immer noch!? War eine physikalische Formel der Beweis dafür, dass das nicht stimmte? Brachte die Tatsache, dass das Auftauchen des Südseemeeresbewohners nicht im Zusammenhang mit dem von ihm prognostizierten Klimawandel stand, sondern womöglich einen ganz anderen Zusammenhang hatte, den er nicht verstand, sein Weltbild in Unordnung?
»Was schreist du denn so rum?«, hörte Theo von unten eine Stimme rufen. Er beugte sich vor und sah Ben, der sein Fahrrad in den Sand geworfen hatte.
»Ich habe gerade meine Schreitherapie gemacht!«, rief Theo.
»Was ist das?«, rief Ben nach oben.
»Komm hoch, ich erklär es dir.«
Ben kraxelte durch den Sand nach oben und stellte sich dabei viel geschickter an als Theo, der dafür einige Anläufe gebraucht hatte.

Ben setzte sich neben Theo in den Sand.
»Was ist das jetzt mit der Schreitherapie?«
»Ganz einfach, du schreist ganz laut das heraus, was dich nervt.«
»Und was hast du geschrien?«
Theo druckste herum. Es war ihm etwas peinlich.
»Darf man auch schreien, wenn man sich freut?«, fragte Ben.
»Nur zu!«
Ben richtete sich auf und breitete wie Theo seine Arme aus.
»Ich kaaaaann schwiiiiiimmen!«
»Wie?«, Theo schaute Ben ungläubig an. »Mit Schwimmflügeln? Seit wann denn das? Wir waren doch erst gestern mit Trude am Strand!«
Ben schüttelte aufgeregt den Kopf. »Wir haben es gleich heute Morgen nochmal probiert. Und natürlich ohne Schwimmflügel, Trude hält nichts davon. Sie sagt, die besten Schwimmer kommen aus der Südsee! Und da fangen alle Kinder mit dem Kraulen an. Ja, und dann, weil ich ja jetzt auch immer den Kopf unter Wasser mache, bin ich los, also hinten wie ein Hund und vorne der Schaufelbagger ...«
Theo war sprachlos. Trude konnte wirklich gut mit Kindern umgehen. Er drückte dem aufgeregten Ben die Schulter. Und wunderte sich, wie stolz er auf den Jungen war, den er doch erst seit wenigen Tagen kannte.
»Und hast du was rausgefunden?«, fragte Ben aufgeregt.
Beide setzten sich an den Rand der Düne und schauten auf das Spiel der beiden Meere, die immerzu von ihrer Begegnung kündeten.
Theo erzählte ihm von seinem Besuch im Pfarrhaus, von den Vitrinen mit all den ausgestopften Tieren. Er erzählte Ben von dem Brune Dreng, also dem Mann, der vielleicht aus der Südsee hergereist und bei dem Schiffsunglück ums Leben gekommen war. Und dass er der Legende nach von einem Volk

stammte, das daran glaubte, dass man das Meeresrauschen im Innern der Schalen höre. Aber warum er diese nach Europa hatte bringen wollen, wisse man nicht.

»Also wusste dieses Volk auch nicht, dass es eine Täuschung ist, was wir da hören?«

»Offensichtlich nicht, Ben. Aber dann habe ich hier oben gestanden und darüber nachgedacht. Und mich über den Pastor geärgert.«

»Warum? Ist er nicht nett?«

»Das weiß ich nicht. Aber vielleicht hat er ein Geheimnis vor uns.«

»Ein Geheimnis? Weiß er mehr über die Nautilusschalen?«

»Nun ja – er wollte mir jedenfalls nicht so richtig sagen, was mit dem Brune Dreng los war.«

»Vielleicht hält er ihn für ein Kind?«

Theo war berührt von Bens Aussage. Manchmal machten Kinder Erwachsenen Angst, weil sie sie daran erinnerten, wie es einmal gewesen war.

»Jedenfalls, als ich mich über den Pastor geärgert habe, ist mir plötzlich eine ehemalige Arbeitskollegin in den Sinn gekommen … sie kam aus Japan und hieß Akiko Arakaki.«

Ben kicherte. »Das ist ein lustiger Name.«

»Na ja, ein damaliger Kollege am Institut hieß Professor Norbert Hühnerbein, das fand *sie* lustig.«

Wieder kicherte Ben.

»Jedenfalls war ich mit Akiko oft tauchen, das war ja Teil unserer Arbeit, um unter Wasser Untersuchungen zu machen, zum Beispiel wie intakt oder verschmutzt ein bestimmter Lebensraum war. Dabei war ihr aufgefallen, dass wir unter Wasser oft unterschiedliche Dinge beobachteten. Also, obwohl wir dieselben Dinge sahen, gaben wir ihnen eine unterschiedliche Bedeutung.«

»Wie meinst du das?«
»Na ja, Akiko hatte bemerkt, dass ich andere Fische wahrgenommen hatte als sie. Und das brachte sie auf den Gedanken, mit dem sie später die wissenschaftliche Welt der Meeresbiologie in Erstaunen versetzte. Sie hatte nämlich die Idee, Menschen völlig unterschiedlicher Herkunft ein Foto mit einer Unterwasserwelt zu zeigen. Darauf befanden sich jeweils ein großer Fisch im Vordergrund und einige kleinere Fische und Wasserpflanzen im Hintergrund. Die Versuchspersonen sollten anschließend beschreiben, was sie gesehen hatten. Akiko kommt ja selbst aus einem kleinen japanischen Fischerdorf, und so zeigte sie den Bewohnern dort und dann ihren deutschen Kollegen das Bild. Das Ergebnis war verblüffend.«
»Wieso denn?«
»Nun, beide Gruppen hatten zwar den Fisch im Vordergrund deutlich wahrgenommen. Interessant war jedoch, dass die japanischen Versuchspersonen außerdem die Umgebung des Fisches, kleine Fische und Pflanzen, wesentlich detaillierter beschreiben konnten als wir. Wir Deutschen hatten nämlich den Hintergrund kaum oder überhaupt nicht wahrgenommen.«
»Wir haben vielleicht nicht so viel Ahnung vom Meer wie die.« Ben zuckte mit den Schultern.
»Kann gut sein, Ben. – Komm, wir gehen was essen. Ich habe Hunger, du auch? Pizza?«
»Pizza, Pizza, Pizza!«, stimmte Ben vergnügt ein.
Die beiden erhoben sich und begannen den Abstieg von der Spitze der Düne. Hinten am Horizont schien der Himmel das Meer zu berühren.
»Wirklich toll, dass du dich das getraut hast. Trude ist aber auch eine großartige Lehrerin, finde ich«, sagte Theo.
»Ich mag Trude, auch wenn sie manchmal streng ist. Aber sie ist trotzdem nett«, meinte Ben.

»Ja, ich mag sie auch. Sie hat ein gutes Herz.«
Und doch, dachte Theo, belastet sie etwas.

Später brachte Theo Ben nach Hause. Zu ihrer beider Überraschung saßen Trude und Stein am Küchentisch, auf dem ein großer Blumenstrauß stand.
»Hast du Geburtstag?«, fragte Ben hastig.
»Öh, nee …«, zwinkerte Trude Stein zu. »Aber zufällig habe ich einen Kuchen im Backofen, der gleich fertig ist. Wollt ihr ein Stück?«
Trude ging zum Ofen und öffnete die Klappe. Darin stand ein goldgebackener Kuchen. Sein Duft stieg in die Küche.
»Siehst du!«
»Ich meine, ob du Geburtstag hast!? Stimmt doch, oder?«
»Du meinst: wegen der schönen Blumen?«
Nun war Stein sichtlich gerührt.
»Also, Trude hat sowas immer verdient. Und heute besonders: sie hat schließlich …«
»Ach, Stein, du musst auch immer alles gleich verraten. Du änderst dich nie!«, lachte Trude, und jetzt gratulierten alle.
Nachdem sie den Kuchen gegessen hatten, war Ben in sein Zimmer verschwunden. Trude räumte das Geschirr in die Spüle und begann, abzuwaschen.
»Und, hast du etwas herausbekommen?«, fragte Stein.
»Der Brune Dreng ist vielleicht ein blinder Passagier gewesen«, sagte Theo und berichtete von seinem Gespräch mit dem Pastor. Stein hörte aufmerksam zu. Auch Trude schien zu lauschen.
Stein überlegte laut:
»Ein blinder Passagier? Aber warum? Das ergibt doch keinen Sinn. Warum sollte sich jemand, offenbar vom anderen Ende der Welt, als blinder Passagier von England nach Schweden schmuggeln wollen?«

Theo zuckte mit den Schultern.
»Es bleibt also nur noch das Wrack. Dann müssen wir wohl oder übel dort nachschauen. Du bist doch Meeresbiologe, du kannst doch sicher tauchen?«
»Tauchen? Dort? Du weißt doch besser als ich, was da unten für Strömungsverhältnisse herrschen. Da treffen zwei Meere aufeinander. Da kann man nicht tauchen. Außerdem müssten wir das Wrack erst mal suchen. Es kann sonst wo liegen. Das kann Wochen oder Monate dauern.«
»Ich weiß doch, wo es liegt.«
»Du weißt es?«, rief Theo überrascht aus.
»Na, jeder weiß es doch. Glaubst du, wir wollen unsere Netze an dem alten Kasten zerreißen? Die *Cometen* liegt auf dreißig Metern. Mit dem Fischfinder kann man sie sogar einigermaßen gut erkennen. Ein Zweimast-Dampfsegler aus Holz. Na ja, ist ein ziemliches Trümmerfeld.«
»Und warum ist dann bisher keiner runtergetaucht?«
»Mmmh, wie soll ich das erklären? Wir sind alle hier so aufgewachsen, dass da draußen dieses Wrack liegt. Das lässt man ruhen. Und es gab keinen Anlass, runterzutauchen, schon gar nicht bei den Strömungsverhältnissen. Aber jetzt …«
»Ja, jetzt?«
Trude trat von der Küchenzeile in den Raum. Stein schaute sie an.
»Jetzt sind wir der Meinung, dass die Zeit gekommen ist, den alten Geschichten, wie soll ich sagen, auf den Grund zu gehen.«
Theo schaute in die Runde. Wieder sah er ein altes Schiffswrack vor seinem geistigen Auge.
»Ich bin seit Monaten nicht mehr getaucht und selbst, wenn ich noch fit wäre, ich hab ja keine Ausrüstung. Bei der Tiefe brauchst du einen Trockentauchanzug, mit Flasche und Kompressor. Und so einen Tauchgang machst du nicht einfach

mit Luft. Da brauchst du ein Gemisch, Nitrox 32 schätze ich mal, sollte reichen. Woher wir das bekommen sollten, ist mir schleierhaft. Und alleine würde ich da sowieso nicht runtergehen.«
Stein schmunzelte.
»Na, ich kenne hier jemanden, die zumindest die Ausrüstung hat. Sie ist eine gute Taucherin. Du kennst sie auch …«
Stein schaute vielsagend.
»Na, Jonne.« Er grinste. »Ich glaube, sie würde sich freuen, wenn du sie mal besuchst!«
»Was?«, fragte Theo verdutzt.
»Ja, jetzt gleich zum Beispiel.«
»Ich bin doch zu Fuß da«, suchte Theo nach einer Ausrede.
»Ich leihe dir ein Fahrrad!«, sagte Trude, gerade so, als hätte sie einen gemeinsamen Plan mit Stein gefasst.
Plötzlich stand Ben im Raum, der auf der Holztreppe kauernd dem Gespräch gefolgt war.
»Tauchst du da runter?«
Die drei wechselten Blicke. Trude räusperte sich.
»Weißt du, Ben, Theo muss erstmal schauen, ob es hier überhaupt eine Tauchausrüstung gibt.«
»Gibt es da unten einen Schatz?«
»Das wissen wir nicht. Aber vielleicht eine Erklärung dafür, warum du hier so schöne Muscheln gefunden hast«, sagte Trude.
»Das sind keine Muscheln, sondern Perlboote, die aus der Südsee stammen!«, korrigierte Ben sie.
»Bravo, Ben. Du wirst noch Meeresbiologe!«
»Nimmst du mich mit, Theo?«
»Wohin?«
»Mit aufs Meer.« In Bens Augen leuchtete die Sehnsucht.
»Äh, ja, dann fahre ich jetzt erstmal zu der Polizistin …«, stammelte Theo.

»Jonne«, sagte Stein.
Trude holte Theo ein altes Hollandrad aus dem Schuppen, er schwang sich darauf und fuhr los. Er schlug denselben Weg ein, auf dem er Jonne vor einigen Tagen nach Hause begleitet hatte. Doch dann bog Theo nochmal ab, um einen Blumenladen aufzusuchen.

18

Es roch nach Sommerabend. Theo radelte über den noch warmen Asphalt und hörte schon aus einiger Entfernung Musik aus Jonnes Haus.

Er war etwas aus der Puste. Er lehnte sein Rad gegen eine Laterne. Auf dem Weg zur Haustür verlangsamte er seine Schritte. Mozart? Tatsächlich, sie hörte Mozart. Die *kleine Nachtmusik*. Durch das Fenster versuchte er, einen Blick auf sie zu erhaschen. Es brannte zwar Licht, aber von Jonne keine Spur. Und wenn sie Besuch hat?, dachte Theo. Dann käme er jetzt ungelegen. Und überhaupt, wieso sollte sie alleine sein?

Jonne war ja schließlich schwanger, und da musste es einen Mann geben. Aber Stein hatte ihm unmissverständlich klargemacht, dass er sie besuchen solle.

Theo sog die frische Sommerluft tief in die Lungen, schaute noch einmal hoch in den frühabendlichen Himmel und dachte kurz über das Spiel von Möglichkeiten und Zufällen nach. Dann ging er zielstrebig zur Tür und klopfte. Noch einmal, dann öffnete sich die Tür.

»Hallo Theo«, sagte Jonne überrascht. »Hast du dich verlaufen?« Kurz lugte sie hinaus. »Ah, Sterne sind noch keine da.«

Er nickte ungelenk und wollte etwas sagen, doch es schien, als stecke ein Kloß in seinem Hals. Schließlich holte er die Blumen hinter dem Rücken hervor und presste ein »Für dich« heraus.

»Was soll das? Willst du mich bestechen?«, fragte Jonne und grinste. Die Blumen nahm sie trotzdem.
»Nein, nein, ich wollte dich etwas fragen.«
Jonne blickte auf die Blumen.
»Ich nehme nicht an, dass du mir einen Heiratsantrag machen willst. Oder hat es etwa mit Sternenmusik zu tun, und wir müssen es draußen besprechen?«
Theo winkte ab und beide lachten.
Sie wandte sich um und ging zurück ins Haus. Ohne sich umzudrehen, rief sie:
»Komm rein!«

Theo ging durch den Flur und betrat einen großen Raum, der spärlich eingerichtet war. Das Zimmer hatte einen Holzfußboden, auf dem ein kleines Sofa stand, davor ein Glastisch. Auf der anderen Seite ein weißer Esstisch, auf dem eine Kerze brannte. An der Wand hing ein kleines Regal, in dem ein paar Bücher und eine Stereoanlage samt Lautsprechern stand. Theo zeigte in Richtung der Anlage.
»*Eine kleine Nachtmusik.*«
Jonne lachte verlegen und nickte. Gleich machte sie sich auf den Weg in die Küche, um eine Vase zu besorgen, und rief Theo noch eilig zu:
»Setz dich doch. Möchtest du etwas trinken? Ich habe noch einen italienischen Weißwein?«
»Ja, gerne.«
Theo schaute sich um. Auf dem Sofa lag eine zerknautschte Wolldecke, da musste Jonne es sich bequem gemacht haben. Theo setzte sich auf einen Stuhl am Esstisch. Mit einem Glas in der einen und einer Vase in der anderen Hand kehrte Jonne zurück.
Sie stellte die Blumen in die Mitte des Tischs.

»Blumen! Du hättest mir lieber eines deiner Bilder mitbringen sollen, dann wüsste ich dich besser einzuschätzen.«
Sie setzte sich neben Theo. Im Hintergrund lief die Musik.
»Weißt du, was der Mozart-Effekt ist?«, fragte sie ihn unvermittelt.
»Mozart-Effekt?« Theo schaute fragend.
»In einer Studie ...«, legte Jonne los, »... wurde Jugendlichen eine Sonate von Mozart vorgespielt, also, bevor sie Tests in der Schule absolvieren sollten. Stell dir vor: Sie schnitten besser ab als die anderen Schüler, die vorher keine Musik gehört hatten! Die Ergebnisse lösten eine Welle der Euphorie aus. Von nun an wird Kindern und sogar schon Babys im Bauch klassische Musik vorgespielt, damit sie später intelligenter werden. Nennt man *Mozart-Effekt*.«
Theo, der sich mit Strömungen und akustischen Phänomenen beschäftigt hatte, kannte ihn nicht.
»Oh ... ich dachte, das bezeichnet den Effekt nach dem Genuss von zu vielen Mozart-Kugeln.«
Jonne lachte.
»Nein, im Ernst ...« Ihre weißen Zähne blitzen auf. »Die Formel lautet: Sonate D-Dur für zwei Klaviere, Köchelverzeichnis vierhundertachtundvierzig ist gleich kognitive Leistungssteigerung! Verstanden?«
Jetzt lachte Theo.
»Verstanden! Nein, da ist bestimmt etwas dran. Es ist ja erwiesen, dass Schwingungen ...«
Jonne unterbrach ihn: »Ich stelle mir vor, dass ich ein schlaues Kind bekomme, das gerne Musik hört.«
»Das ist ein schöner Gedanke, Jonne. Du bekommst sicher ein wunderbares Kind.«
Es entstand eine Pause, Theo nahm verlegen einen Schluck aus seinem Glas.

Dann schaute er sich um und fragte zögernd: »Gibt es einen, äh, eigentlich einen Vater für …«
»Ein Tauchunfall.«
Theo glaubte seinen Ohren nicht zu trauen.
»Ein Tauchunfall?«
»Na ja, so könnte man es nennen: Ich leite, wenn ich nicht gerade schwanger bin, auch die Tauchausbildung der Polizeiakademie in Aalborg. Zur Abschlussprüfung im Meer kommen die Polizeianwärterinnen und -anwärter hier nach Skagen. Wie auch dieses Frühjahr …«
Jonne holte kurz Luft.
»Da war dieses Abschlussfest. Da habe ich wohl ein bisschen zu viel getrunken. Und dann habe ich da irgendwie so eine Sache mit einem Typen gehabt«, verkürzte Jonne die Geschichte.
»Und weiß er …?« Theo blickte vielsagend auf Jonnes Bauch.
»Nein. Ich komme alleine besser klar, denke ich, er ist erst Mitte zwanzig«, schloss Jonne ab.
»Verstehe«, sagte Theo.
»Nun habe ich dir schon meine halbe Lebensgeschichte erzählt. Damit es nicht zu schnell langweilig wird: Weswegen bist du vorbeigekommen?«
»Wegen eines Tauchunfalls.«
Jetzt war es Jonne, die nicht verstand.
»Du bist davon aber offensichtlich nicht schwanger geworden? Oder doch?«
»Jonne, Stein hat mir erzählt, dass du Tauchausrüstung hast. Ich wollte dich fragen, ob du mir hilfst, dass ich da runterkomme. Selbstverständlich zahle ich auch dafür.«
»Wo willst du denn hin?«
»Zur *Cometen*.«
Jonne staunte. Dann begann Theo zu erzählen, von den Nautilusschalen und dem Brune Dreng.

»Da ist noch etwas anderes. Ben, der Junge. Ich habe ihm versprochen, dass ich das Geheimnis lüfte. Und ich habe ihn schon mal enttäuscht.«
Als er fertig war, schaute Jonne ihn lange an, dann meinte sie: »Nun, Theo, du weißt, dass das hier eine große Geschichte ist. Gegen eine solche Unternehmung werden hier einige Leute ganz sicherlich etwas haben. Und auch sonst: Helfen könnte ich dir sowieso nur bedingt. Denn Tauchen darf ich erstmal nicht.« Dabei fasste sie sich an den Bauch.
»Also Jonne, du musst wissen, auch bei mir ist das mit dem Tauchen nicht mehr so … einfach«, wandte Theo ein.
»Tauchen ist wie Radfahren, das verlernt man nicht«, ermunterte ihn Jonne.
Doch Theo schüttelte den Kopf.
»Ich konnte nicht mehr«, sagte er lahm.
»Tauchuntauglichkeit?«, fragte Jonne mitfühlend. Doch Theo schüttelte den Kopf.
»Nein, da gab's mal etwas … seither …«
»Du willst nicht darüber reden?«
Theo schwieg.
»Seit wann warst du nicht mehr unten?«
»Zehn Monate.«
»Und vorher?«
»Da war es mein Leben. Deshalb bin ich Meeresbiologe geworden. Und dann, von einem Tag auf den anderen …«
»Tauchuntauglichkeit?«, bohrte Jonne weiter.
Wieder schüttelte Theo den Kopf. Doch Jonne ließ sich nicht beirren.
»Ein Unfall?«
Theo sah sie schuldbewusst an.
»Wie ist das passiert?«

Theo öffnete den Mund, wollte etwas sagen, schloss ihn wieder und ließ die Augenlider fallen. Schließlich begann er, die traurige Geschichte zu erzählen. Als er geendet hatte, legte Jonne ihm die Hand auf den Arm.

»Ich kann verstehen, dass du nicht mehr runterwolltest, seither. Aber ich glaube, man kann so etwas überwinden, meinst du nicht?«

Theo zuckte mit den Schultern und sagte nichts.

»Okay, Theo, ich mach dir einen Vorschlag. Ich hol dich übermorgen um neun Uhr ab. Ich besorge für dich einen Trocki, ABC-Ausrüstung und das ganze Pipapo. Wir fahren an den Oststrand runter in Richtung Ahlbæk, da werden wir ein wenig üben.«

19

Trude hatte, nachdem auch Stein gegangen war, irgendwie unruhig gewirkt.

Nach dem Abendessen kam sie in Bens Zimmer und sagte, sie müsse nochmal los, etwas erledigen. Er solle sich schon bettfertig machen, rief sie, als sie schon wieder halb aus seinem Zimmer war. Ben hörte, wie sie die Treppe hinunterging und im Flur in Schuhe und Jacke schlüpfte, dann klappte die Haustür.

Ben stürzte zum Fenster und schaute, in welche Richtung sie lief. Ben, du bist jetzt ein Spion, sagte er sich, schoss nach unten, zog sich ebenfalls Schuhe und Jacke an und rannte mit erhöhtem Puls los.

Der Horizont brannte glutrot, doch hoch oben funkelten die ersten Sterne. Schon bald hatte Ben Trude eingeholt. Ihre Gestalt tauchte immer wieder im Lichtkegel der Straßenlaternen auf. Ben achtete darauf, dass er das Licht der Lampen umging. Sein Herz schlug schnell. Sowas hatte er noch nie gemacht.

Dann überquerte Trude die Straße und bog in Richtung Kirche ab. Ben spürte, dass es etwas mit dem Geheimnis zu tun haben musste.

Trude ging in den Kirchhof und verschwand im Pfarrhaus.

Was machte Trude beim Pastor? Theo hatte Ben ja erzählt, dass der Pastor von seinen Nautilusschalen wusste. Steckten Trude und der Pastor unter einer Decke? Hatte Trude ihn angelogen?

Bens Herz pochte. Er schaute sich um, überquerte die Straße und ging durch das Tor. Der weiße Kies knirschte unter seinen Sohlen und drohte ihn zu verraten. Er wechselte auf den Rasen und näherte sich langsam dem Haus. Nur im hinteren Zimmer brannte Licht. Entfernt konnte er aufgeregte Stimmen hören. Ben schielte zur Eingangstür. Sollte er …? Wenn Trude ihn jetzt erwischte, würde sie ihn bestimmt gleich morgen nach Hause schicken. Aber er konnte nicht anders.
Ganz allmählich öffnete er die Tür und trat in den dunklen Flur. Nur langsam gewöhnten sich seine Augen an das Licht der Notbeleuchtung. Ben stockte der Atem. Er sah Vögel, die Schatten ihrer Flügel riesig auf den Wänden.
Vorsichtig löste Ben sich aus seiner Erstarrung. Der Boden unter ihm knarzte laut. Er hörte, wie jemand im hinteren Zimmer aufstand. Ben hielt die Luft an, dann duckte er sich hinter eine der Vitrinen. Die Tür öffnete sich. »Hallo?«, rief der Pastor.
Ben kauerte sich zusammen und versuchte so leise wie möglich zu atmen, bis der Pastor wieder schulterzuckend zurück in den Raum ging.
Dann hörte er Trude aufgeregt sprechen. Der Pastor schien sie beruhigen zu wollen, doch Ben verstand die Worte auf Dänisch nicht.
Schließlich nahm Pastor Hollebæck einen Mantel vom Haken und streifte ihn über.
Auf dem roten Fußboden sah Ben, wie sich ihre Beine an ihm vorbei Richtung Ausgang bewegten. Die Tür fiel ins Schloss. Die Schritte im Kiesbett entfernten sich. Stille, außer Bens Atem.
Ben ließ ein paar Minuten verstreichen. Als er sich schließlich aufrichtete, taten ihm Arme und Beine weh.
Ängstlich schaute er sich um. Was war das hier? Ein Museum? Eine Forschungsstelle? Theo hatte ja von den Vitrinen erzählt,

aber erst jetzt hatte Ben eine richtige Vorstellung, was Theo gemeint hatte.
Langsam schlich er auf Zehenspitzen an den Vitrinen vorbei.
Krebse, Schneckenhäuser, Muschelschalen, stachelige Kugelwesen lagen darin.
Ben war sich sicher, dass das hier alles mit dem Geheimnis zu tun hatte.
Er blieb stehen und schaute in die toten Augen einer Möwe. Er stellte sich ihr helles Kreischen am Strand vor. Dann sah Ben darunter einen Seehund.
Er beugte sich zu dem ausgestopften Tier hinunter, dessen Fell künstlich glänzte.

Heulen nannte man ihre Laute, das kannte Ben aus dem Zoo, den er mit seiner Mutter ab und zu besuchte. Es war ihr erster Ausflug nach dem Tod von Bens Vater gewesen.
Damals hatte seine Mutter noch viel geweint. Jetzt lag sie an den vielen schlechten Tagen einfach nur auf dem Sofa und starrte an die Decke.
Plötzlich entdeckte Ben in der unteren Ecke einer Vitrine eine Nautilusschale, auf die Seite gelegt, gerade so, als solle niemand sie beachten. Er trat näher an die Vitrine, bis sein Gesicht nur wenige Zentimeter von der Scheibe entfernt war.
Damals, im Zoo, hatte er seine Mutter gefragt, wo Papa jetzt sei. Im großen Meer, hatte sie gesagt.
Ben legte seine Hand auf die Scheibe.
Alle Dinge in den Vitrinen waren tot. Nur der Nautilus nicht. Während alle Tiere still und reglos hinter den Scheiben verharrten, ging von der Nautilusschale etwas Lebendiges aus: ein Rauschen, kaum hörbar, das sich vom Inneren ins Äußere bewegte, immerzu, wie eine endlose Schleife.
Ben versuchte, die Tür der Vitrine zu öffnen, doch sie war verschlossen. Er ärgerte sich, dass er die Schale nicht aus der Vitrine nehmen konnte, um sie sich ans Ohr zu halten und das vertraute Rauschen zu hören.
Er stellte sich vor, wie es sich anhören würde, dieses Rauschen – wie das Meer.
Doch diese Nautilusschale war gefangen.
Hastig schlich Ben sich aus dem Pfarrhaus und rannte nach Hause. Trude war noch nicht zurückgekehrt.
Außer Atem ließ er sich aufs Bett fallen. Er knipste das Licht aus und griff unters Bett. Die Nautilusschale lag kühl in seiner Hand. Er schloss die Augen, hielt sie ans Ohr, und es rauschte. Das Meer der Möglichkeiten. Eine unendliche, geheimnisvolle Geschichte.

20

Das Wasser war warm und kristallklar. Der weiße Sand unter ihm strahlte so hell, dass es schon fast in den Augen weh tat. Neben ihm türmten sich mehr als mannshohe Hartkorallen, gelbe, grüne, rosafarbene. Sie umschlossen die Sandfläche, die dadurch die Anmutung eines natürlichen Pools bekam, eines riesigen, fünfzehn Meter tiefen Pools. In diesem Pool schwammen dicke perlmuttfarbene Fische, keiner kleiner als einen Meter. Es war merkwürdig. Sie kamen ihm so vertraut vor, doch er hätte nicht sagen können, ob es nun Schnapper oder Barsche oder Barben waren. Sie waren einfach friedlich und wunderschön. Schwerelos schwebte er zwischen den Fischen, inmitten dieser Farbexplosion. Er wollte gar nicht auf seine Instrumente schauen, denn alles war gut.

Plötzlich schlug er die Augen auf. Weg! Alles war weg. Er lag in seinem Bett im Sanduhrhaus neben der Düne und versuchte, den Traum festzuhalten. Er wusste ganz genau, wo er gewesen war.

Dieses Bassin, diesen Pool gab es tatsächlich, auch die Farben kamen in etwa hin. Bei den Fischen hatte ihm die Fantasie einen Streich gespielt. Da hatten sich in seiner Vorstellung Papageienfische mit Zackenbarschen und noch ein paar anderen Arten vermischt. Die Sehnsucht nach dem Tauchen war wieder da. Sie war auch nach den grauenhaften Tagen auf Bali nie vergangen.

Doch die Angst hatte alles dominiert. Und die hatte ihn schließlich auch jetzt wieder geweckt. Theo konnte es nicht begreifen. Die Situation war so schön, so friedlich gewesen und trotzdem wachte er schweißgebadet und zitternd auf.
Er schaute auf die Uhr. 5:17 Uhr. In knapp vier Stunden würde Jonne ihn abholen.
Dann blieb ihm nichts anderes übrig, als ihr zu folgen und ins Meer zu steigen. Eigentlich ein schöner Gedanke. An Schlaf war jedenfalls nicht mehr zu denken.
Wie gerädert wuchtete Theo sich aus dem Bett. Normalerweise hätte ihn dieser Traum erfrischen müssen, doch jetzt nagte die Angst an ihm. Ihm war klar, dass sie irreal war. Die Bucht von Ahlbæk war nicht besonders tief, Strömung gab es auch kaum.

Zum Üben würde es völlig entspannt sein. Es konnte nichts passieren. Und trotzdem war er angespannt. Wie sollte er nur den Tag überstehen?

Schlag neun hupte es vor dem Haus. Theo saß schon seit einer Viertelstunde am Küchentisch, in Schuhen und Jacke und mit bangem Herzen.

Er trat vor das Haus, vor das Jonne mit einem ziemlich großen, fast protzigen Pick-up vorgefahren war. Auf der Ladefläche waren zwei große Kisten verstaut, daneben hatte Jonne die Pressluftflasche vertäut.

Er lächelte sie gequält an. Sie fuhren los. Nur mühsam entspann sich ein Gespräch. Es ging ein wenig um das Wetter, ein wenig um Frühstücken vor dem Tauchen, doch immer wieder verlor Theo den Faden und starrte in die Dünenlandschaft hinaus. Kurz vor Ahlbæk bog Jonne links ab und hielt auf einem Parkplatz direkt am Strand. Theo wuchtete die Ausrüstungskisten vom Wagen. Als er die erste Kiste öffnete, stieg ihm der vertraute Geruch von Neopren und Silikon in die Nase. Jonne hatte drei Masken in die Kiste gelegt. Er nahm eine nach der anderen, presste sie aufs Gesicht und sog kurz die Luft an. Die zweite Maske passte perfekt. Er holte eine Flasche, stellte sie auf den Boden und befestigte das Jacket daran. Dann nahm er den Lungenautomat, schraubte ihn auf das Ventil der Flasche. Dann kippte er die Druckanzeige zum Boden hin um und drehte die Flasche auf. Als das Finimeter 220 Bar anzeigte, schloss er die Flasche wieder. Er drückte auf den breiten Knopf der zweiten Stufe, die Luftdusche, und mit einem lauten Zischen entlüftete das System wieder.

Jonne hatte ihn die ganze Zeit genau beobachtet.

»Als hättest du es erst gestern gemacht«, meinte sie anerkennend.

»Ich glaube, das sind Handgriffe, die man nie verlernt«, meinte Theo und begann, sich bis auf die Badehose auszuziehen. Inzwischen breitete Jonne den Trockenanzug, den sie für Theo mitgebracht hatte, auf der Ladefläche aus.
»Ich hoffe, er passt. Hab ich von einem Bekannten ausgeliehen. Du bist schonmal mit dem Trocki getaucht?«
»Ja, aber nicht sehr oft. Also ich bin jetzt eher der Typ, der im dünnen Neopren taucht«, versuchte er zu scherzen.
»Ich glaube aber nicht da, wo du hinwillst«, kündigte Jonne an.
Als er seinen Kopf endlich durch die Gummimanschetten des Anzugs gequält hatte, musste er diesen faltenfrei an den Hals anpassen. Theo hatte das Gefühl, puterrot anzulaufen und keine Luft zu bekommen.
»Alles okay?«, fragte Jonne, die sich mittlerweile einen kurzärmligen Neoprenanzug übergestreift hatte. Theo formte aus Daumen und Zeigefinger ein »O«, das Tauchzeichen für »Alles in Ordnung«. Dabei fühlte er sich alles andere als okay.
»Schultern zurück!«, befahl sie.
Dann zog sie mit einem beherzten Ruck den Reißverschluss zu, überprüfte noch einmal, ob der Anzug wirklich dicht war.

Theo stülpte sich die Haube über den Kopf und darüber die Maske.
»Bodycheck!«, ordnete Jonne an und nun prüften sie gemeinsam seine Ausrüstung. Zwölf Kilo hatte sie ihm an Gewicht aufgeladen, und er fühlte sich damit schwer und ungelenk. Dazu kam noch immer das Gefühl, jeden Moment ersticken zu müssen.
Er nahm das Mundstück des Lungenautomaten in den Mund und sog die kühle Luft ein. Es fühlte sich vertraut an. Er nahm seine Flossen in die Hand und wankte langsam in Richtung

Wasser. Auch Jonne schnappte sich eine Taucherbrille und einen Schnorchel und folgte ihm.
Theo kam sich vor wie ein Marsmensch. Wenn er nur mehr Luft bekäme. Das könnte der kürzeste Tauchgang seines Lebens werden. Als das Wasser knapp Brusthöhe erreicht hatte, half Jonne ihm beim Anziehen der Flossen.
Wieder gab er ein Okayzeichen und sie ließen sich ins Wasser gleiten. Es war grün und ungewohnt kühl. Die Temperatur spürte er nur an den Wangen, dem einzigen Teil seines Körpers, der direkt mit dem Wasser in Berührung kam. Theo legte sich in die Waagrechte, und die zwölf Kilo taten ihre Wirkung. Es zog ihn hinunter, ehe er reagieren konnte. Er kam in knapp zwei Metern Tiefe auf dem Grund auf und verschwand in einer Wolke aus Sand.
Er drückte auf den Knopf seines Inflators und spürte, wie Luft in seinen Anzug strömte. Sofort zog es ihn wieder an die Oberfläche. Wie ließ man nochmal Luft aus dem Anzug? Auf dem Oberarm saß ein Ventil. Man musste nur den Arm heben. Er ärgerte sich darüber, dass er sich anstellte wie ein Anfänger, aber mit dem Trocki hatte er immer Probleme gehabt. Beim zweiten Versuch klappte es schon besser. Immerhin, kaum war der Kopf unter Wasser, waren seine Atemprobleme verschwunden. Doch mit dem Tarieren klappte es noch nicht so richtig.
Sie schwammen weiter hinaus und Jonne signalisierte ihm von der Wasseroberfläche, dass er nun tiefer tauchen sollte. Nun war er etwa auf vier Metern angelangt. Theo war überrascht, dass die Sicht doch etwa drei, vier Meter betrug. Zumindest glaubte er das. Er fühlte sich ein wenig befreiter, aber sein Herz raste. Sie waren noch keine fünf Minuten im Wasser und sein Finimeter zeigte nur noch 150 bar. Wieder hatte er das Gefühl zu sinken, gab etwas Luft zu. Wieder war es zu viel. Statt den

rechten Arm zu heben, versuchte er den Auftrieb auszugleichen, indem er den Oberkörper nach unten drückte.
Es war rein instinktiv und wäre schon mit einem normalen Neoprenanzug ein Fehler gewesen. Mit dem Trocki war es verhängnisvoll.
Plötzlich stand er senkrecht mit dem Kopf nach unten im Wasser. Die ganze Luft sammelte sich in den Beinen, während der Rest des Anzugs plötzlich an ihm zu kleben schien. Panik stieg in ihm auf. Eine Rolle vorwärts, schoss es ihm durch den Kopf. In so einer Situation sollte man einfach versuchen, einen Purzelbaum unter Wasser zu machen, hatte ihm einmal ein Tauchlehrer verraten. Doch so sehr er sich auch bemühte, es gelang ihm nicht.
Er spürte plötzlich Jonne, wie sie seinen rechten Arm packte, um ihm wieder in die Waagrechte zu helfen. Große Luftblasen perlten aus dem Ventil. In der Flasche waren noch 100 bar. Theo bedeutete Jonne, dass er abbrechen wollte. Es hatte keinen Sinn. Sie kamen zurück zum Strand. Theo war völlig niedergeschlagen.
»War doch gar nicht so schlecht«, meinte Jonne.
»Es war eine Katastrophe«, erwiderte er gereizt. »Und das weißt du auch.«
Sie ließ ihn erstmal in Ruhe. Wortlos zogen sie sich um und verstauten die Ausrüstung wieder in den Kisten und auf dem Pick-up. Schweigend fuhren sie zurück. Es waren nur noch wenige Minuten bis zum Sanduhrhaus, da fragte Jonne:
»Willst du es lieber sein lassen?«
Theo biss sich auf die Lippen. Schließlich meinte er:
»Ich weiß es nicht. Aber wenn ich es nicht schaffe, kann ich dort nicht tauchen gehen. Und selbst wenn ich es hinkriege, weiß ich nicht … Stell dir vor, ich drehe auf dreißig Metern plötzlich durch?«

»Noch ist Zeit. Ich rufe mal einen Freund an, einen erfahrenen Taucher, und frage ihn, ob er dich begleiten würde.«
»Ich muss mit der verfluchten Angst fertigwerden. Ich weiß nur nicht, wie.«
Als sie das Sanduhrhaus erreicht hatten, fragte Theo:
»Willst du noch mit reinkommen?«
Sie schüttelte den Kopf.
»Ich muss noch telefonieren: Wir brauchen Verstärkung! Morgen Nachmittag um drei?«
Zum ersten Mal umarmten sie sich. Verstärkung. Auf Jonne war Verlass. Theo schaute ihr versonnen nach.

In der Nacht träumte er vom Tauchen und wieder war es ein schöner, friedlicher Traum, und er erwachte schweißgebadet und mit pochendem Herzen kurz nach fünf Uhr. Der einzige Unterschied zum Vortag: Die Panik war größer geworden. Er bemerkte, dass er zitterte. So begann er, im Zimmer auf und ab zu gehen, wie ein Tiger in einem Käfig.
Schließlich blieb er vor dem Sideboard stehen, auf dem die Nautilusschale lag, die ihm Ben vor die Füße geworfen hatte. Er nahm sie und krallte sich an ihr fest. Er hoffte, dass sie ihm Kraft geben würde, er starrte sie an und hielt sie an sein Ohr, doch sie blieb stumm. Er streichelte ihre glatte Oberfläche, versuchte, sich auf ihr Inneres und auf ihr mathematisches Geheimnis zu konzentrieren. Nichts passierte. Im Gegenteil, seine Panik wuchs und seine Hände begannen zu zittern. Morgen Nachmittag würde Jonne wiederkommen und die ganze Tortur würde von Neuem beginnen. Das würde noch tagelang so gehen und am Ende musste er Ben gestehen, dass er ihm nicht würde helfen können.

21

Theo hatte Ben am Morgen abgeholt. Am Strand breiteten sie eine große Decke aus und setzten sich in Badehosen in die Sonne. Ben erzählte aufgeregt von seinem heimlichen nächtlichen Ausflug in das Pfarrhaus. Auch Theo wunderte sich über das Treffen von Trude und dem Pastor, aber er ermahnte Ben, Trude nicht mehr hinterherzuspionieren. Ben beschäftigten immer noch die präparierten Tiere.
»Warum stopft man Tiere aus?«
»Zur Anschauung. Für Schulen und Universitäten. Damit man sie studieren kann.«
»Tot?«, warf Ben ein.
»Na ja, so kann man zum Beispiel bei einem ausgestopften Vogel genau das Gefieder bestimmen.«
»Aber dann weiß man doch gar nicht, wie die machen!?«, entgegnete Ben.
»Wie die machen?«
»Ja, ob die heulen oder lachen?«
»Heulen oder lachen?« Theo verstand nicht.
»Na, eine Robbe heult, und eine Möwe lacht doch, oder?«
Jetzt lachte Theo und stimmte nickend zu. Er dachte an die Methode der Tierpräparation und auch an seine eigene Forschung. Diese Form der Naturbetrachtung, alles erfassen zu wollen, schien ihm plötzlich fremd.
»Mmh. Eigentlich hast du Recht, Ben. Es ist heute überholt,

Tiere auszustopfen, das macht man eigentlich nicht mehr. Obwohl …«, fügte Theo an, »… es gibt auch viele Tierarten, die heute ausgestorben sind. Leider. Und da ist man froh, dass man manchmal noch die Präparate der toten Tiere hat. So kann man sich erinnern, wie sie mal ausgesehen haben.«
Ben dachte nach. Langsam begann er eine Spiralform in den Sand zu zeichnen.
»Glaubst du, dass die Nautilusschalen Trude und den Pastor an etwas erinnern?«
Bens Frage erstaunte Theo.
»Ganz bestimmt.«
Nach einer kurzen Pause fügte Theo an:
»Nur an was, das werden wir beide herausfinden.«
Ben überlegte und nickte dann.
Theo stand auf und zeigte auf das Wasser.
»Los, komm, rein mit uns! Ich will sehen, was du kannst!«, forderte er Ben auf.
Ben lief zum Wasser, blieb einen Moment stehen und ließ sich dann hineinfallen.
»Komm doch du …!«, rief er Theo vergnügt zu.
Theo war ihm zögerlich ins kalte Wasser gefolgt. Ben fühlte sich im Wasser zunehmend wohl. Theo beobachtete, wie er hochsprang und immer wieder eintauchte. »Du bist ein Delfin!«, rief Theo Ben zu.
Trude hatte ein Wunder bewirkt. Ben hatte seine Angst vor dem Wasser verloren, das machte auch Theo Mut.
Plötzlich schoss Ben direkt neben ihm aus dem Wasser und umklammerte ihn fest, bis er wieder von ihm ließ. Das Wasser lief aus seinen rötlichen Haaren über seine Sommersprossen. Ben blies sich einen Tropfen von der Nase.
»Hat man schonmal einen Menschen ausgestopft?«, fragte er.
Theo musste schmunzeln. »Nein, das geht nicht. Obwohl, die

alten Ägypter, die haben ihre Verstorbenen einbalsamiert. Die berühmten Mumien …«
»Dann bin ich heute eine Mumie, und kein toter Mann!«
Ben ließ sich nach hinten fallen und schwebte im Wasser. Nach einiger Zeit tauchte er auf.
»Na, kannst du länger?«
»Puh, weiß nicht, ich probier's mal.«
Theo ließ sich ins Wasser gleiten. Seine Ohren waren bedeckt. Unter der Meeresoberfläche ist es nie still. Da schwärmen die Taucher von dieser unfassbaren Stille unter Wasser, dachte Theo. So ruhig wie dort sei es nirgends, lobten sie immer, ließen aber dabei die Physik der Akustik außer Acht. Wie ein Echolot vernahm er Bens Bewegungen in einiger Entfernung. Theo schloss die Augen. Die gedämpften Worte Bens, die er nicht verstand, erreichten ihn wie Fetzen aus Erinnerungen. Auch seine Angst war nur noch eine Erinnerung.

Am Nachmittag holte Jonne Theo ab. Im Schlepptau hatte sie die Verstärkung: Sie stellte Theo Morten als alten Freund, »Mann des Meeres« und »besten Taucher ever« vor. Morten war von hünenhafter Gestalt und strahlte Ruhe aus. Er arbeitete eigentlich auf irgendeiner Plattform, glücklicherweise hatte er gerade frei.
Zu dritt fuhren sie zum Südstrand. Morten hatte ein Seil mitgebracht.
»Wir gehen mit der Bodyline da runter«, sagte Morten bestimmt.
»Wo runter?«
»Na, zur *Cometen*!« Morten bemerkte Theos Verunsicherung. »Nein, noch nicht heute. Erstmal tasten wir uns hiermit langsam ran.«
Tatsächlich verschaffte die Verbindung mit dem Seil Theo

mehr Sicherheit. Es gelang ein erster gemeinsamer Tauchgang ohne größere Zwischenfälle.

Es war so etwas wie eine Nabelschnur, die Morten und Theo verband.

In den nächsten Tagen trafen sich Morten und Theo zu weiteren Tauchgängen. Morten bemerkte Theos Taucherfahrung, doch man war sich einig, dass Morten vorantauchen sollte.

Theo hatte zwar weiter an Sicherheit gewonnen, allerdings nicht den Respekt vor der großen Tiefe verloren, die sie nun gemeinsam ansteuerten.

Am Abend nach der letzten Tauchstunde war es auf der Rückfahrt still. Die Sonne war schon untergegangen. Theo schaute auf die vorbeiziehende Küste. Das Meer schäumte. Darüber ein Himmel, dessen Blau die Zeit aufzulösen schien. Bald würde es so weit sein.

22

Die Sonne stand über einem spiegelglatten Meer. Sie saßen auf dem Achterdeck, eingepackt in Jacken, und schauten hinaus auf das Wasser, das jetzt eher zäh wie Öl wirkte. Die Männer hielten ein Bier in der Hand, Ben saugte an seiner Limonade.

»Schon verrückt«, meinte Stein. »So ein Wetter.«

»Wart's ab, das wird sich bald geben«, unkte Morten.

Am Vormittag waren sie zu viert losgefahren, nachdem sie sich im Hafen von Trude verabschiedet hatten. Theo hatte noch gesehen, dass sie Stein zuvor offensichtlich ordentlich in die Mangel nahm. Während er mit Morten die Ausrüstung auf dem Boot verstaute, redete Trude wild gestikulierend auf Stein ein. Der nickte nur bedächtig, legte schließlich seine Hand auf ihre Schulter und sie schien sich etwas zu beruhigen. Theo konnte sich darauf keinen Reim machen. Auch Ben schien aufgeregt zu sein.

Er hatte noch eine extra Tüte Proviant bekommen. Dann wurde er in eine Rettungsweste geschnürt, mit dem Versprechen, sie an Deck immer zu tragen. Jonne war nicht gekommen, sie hatte Dienst und wollte offensichtlich auch nicht zu sehr mit der Unternehmung in Verbindung gebracht werden.

Nun saßen sie auf Deck. Theo bedauerte es, seine Staffelei nicht dabeizuhaben. Ein leichter Wind kam auf und runzelte nun die Oberfläche des Meeres. Die Sonnenstrahlen fielen in einem schrägen Winkel auf das Wasser und veranstalteten ein flammendes Lauffeuer.

Das Meer erschien Theo prachtvoll. Ein vergessenes Gefühl. In dieser unermesslichen Einöde hatte er sich nie allein gefühlt. Er dachte an seinen morgigen Tauchgang und Jules Vernes kam ihm in den Sinn: *Das Meer ist außerhalb der Macht der Tyrannen. Auf seiner Oberfläche können sie noch Ungerechtigkeit üben, sich bekämpfen, alle Schrecken verüben. Aber dreißig Fuß unterhalb hört ihre Gewalt auf. Ach! mein Herr, im Meeresschoß allein ist Unabhängigkeit! Da fühlt man sich frei!*

»Was wir morgen wohl da unten finden?«, fragte Ben, so, als würde er mit in die Tiefe tauchen.

Theo wurde bei dem Gedanken mulmig.

»Bin auch gespannt«, sagte er mehr zu sich.

»Stellt euch vor, wir würden ein Geheimnis um einen Prinzen lüften, der mit seiner europäischen Geliebten durch Wind und Sturm aus der Südsee flüchtet, dauernd verfolgt von britischen Kriegsschiffen, und kurz vor der Heimat werden sie gestellt, hier am Grenen. Und gemeinsam gehen der Prinz und seine Geliebte unter – samt eines riesigen Schatzes«, meinte Morten versonnen.

Theo und Stein lachten.

»Abgesehen davon, dass der Prinz sicher eher eine melanesische Geliebte hatte, klingt das natürlich total romantisch …«

Ben ließ der Gedanke an einen Schatz nicht los.

»Und wenn wir wirklich einen Schatz finden!? Sind wir dann reich?«

Allen erschien dieser Gedanke plötzlich gar nicht so abwegig. Die Männer schauten sich an.

»Sicherlich müssten wir das erstmal melden. Da greift internationales Seerecht, Ben«, erklärte Morten. »Wenn man einen Schatz findet, muss man es dem Staat melden, in dessen Ge-

wässer man den Schatz gefunden hat. Aber dann bekommt man schon einen dicken Finderlohn ...«
Bens Augen begannen zu leuchten.
»Doch was ist, wenn wir da unten nur ein paar olle Holzplanken finden?«, warf Theo ein.
»Nun, vielleicht können wir herausfinden, warum das Schiff gesunken ist. In den Wirren des Krieges könnte so ein Schiff schon mal einfach so verschwinden. Torpedoangriffe, Luftangriffe, Minen, Küstenbeschuss. Die Chance zu sehen, ob das Schiff getroffen wurde, ist relativ groß.«
»Ich glaube eher nicht, dass das Schiff torpediert worden ist«, warf Stein ein. »Dänemark war ein neutrales Land und in Küstennähe fühlten sich die Schiffe sicher.«
»Offenbar nicht sicher genug«, brummte Theo.
»So 'ne Schatzsuche macht ganz schön Appetit, was?«
Stein knuffte Ben in die Seite. »Hunger?«
Bei der Aufregung hatte Ben gar nicht gemerkt, dass sein Magen knurrte. Er nickte heftig.
»Na, dann mache ich mal meine berühmten Kartoffel-Taler, die sind fast so gut wie ein echter Goldschatz!«

Später brachte Theo Ben in seine Koje. Doch Ben war noch ganz von der Idee eines Schatzes betört und malte ihn sich in buntesten Farben aus. Er fragte Theo Löcher in den Bauch, wie denn dieser wohl aussehen könne. Er begann zu gähnen und redete weiter wie ein Wasserfall. Doch plötzlich verstummte er und war mitten im Satz eingeschlafen. Theo lächelte, deckte den Jungen zu und stieg wieder an Deck.
Dort stand Stein und starrte aufs Meer hinaus. Theo trat zu ihm und stützte sich auf die Reling:
»Probleme mit Trude?«, fragte er wie beiläufig. Doch Stein drehte sich zu ihm und hob überrascht die Augenbrauen.

»Wie kommst du denn darauf?«
»Ich hab euch am Hafen gesehen. Sie schien ziemlich aufgeregt zu sein.«
Stein seufzte.
»Sie macht sich Sorgen um Ben. Ich soll auf ihn achtgeben.«
Theo lachte leise.
»Ich glaube, der Junge kann sehr gut auf sich selbst aufpassen. Er ist vielleicht etwas lebhaft. Aber er ist ein kluger Junge mit einem eigenen Kopf.«
»Das kann man wohl sagen«, wandte Stein ein.
»Wie meinst du das?«, fragte Theo direkt zurück.
»Nun, Trude hat mir etwas anvertraut, was Ben ihr erzählt hat. Nur deshalb darf er mit.«
Theo schaute Stein fragend an.
»Ich soll es für mich behalten. Nur so viel kann ich dir verraten: Ben ist nicht hierhergekommen, um schwimmen zu lernen.«
»Er ist nicht …«, setzte Theo an.
»Nein, als seine Mutter einen Schwimmkurs buchen wollte, machte Ben zur Voraussetzung, dass er ausgerechnet hier nach Skagen kommt. Nur hier würde er das Schwimmen lernen wollen.«

In der Nacht frischte der Wind auf und Theo erwachte nach kurzem Schlaf, als er fast aus seiner Koje gefallen wäre. Ben schlief währenddessen wie im Bauch eines Walfisches.
Die *Stella* schwankte beträchtlich. Breitbeinig verließ Theo die Kabine und kletterte den Aufgang hoch in den Salon. Dort saßen Morten und Stein auf den gepolsterten Bänken, jeder eine große Tasse in der Hand, aus der es nach Kaffee roch. Sie machten jede Bewegung des Schiffes mit, als seien sie mit dem Gefährt verwachsen. Sie schienen von der neuen Situation völlig ungerührt und unterhielten sich wie am Vorabend.

»Morgen, Theo. Na, gut geschlafen? Schläft der Junge noch? Willst du einen Kaffee, ehe es losgeht?«

»Was losgeht?«, fragte Theo.

»Wir wollen tauchen, schon vergessen?«

»Bei dem Wetter? Was, wenn das Schiff umkippt?« Theo suchte nach einer Ausrede.

Stein schüttelte den Kopf.

»Ist ein bisschen Wind«, meinte Morten. »Bei mir auf der Waldemarplattform ist das ein ganz normaler Arbeitsalltag. Jetzt stell dich nicht an. Aus Erfahrung kann ich dir sagen, sobald der Kopf unter Wasser ist, merkst du von den Wellen nichts mehr.«

»Ja, ich weiß, aber ...«

»Was, aber?«

»Nix aber, wir tauchen«, gab Theo resigniert zurück.

Theo ging in die Kabine, um sich umzuziehen. Er ließ sich Zeit. Jetzt gab es kein Zurück mehr. Oder doch? Schon jetzt spürte er seinen Puls. Ben war mittlerweile wach geworden.

»Guten Morgen, Theo!«

Er saß auf seiner Koje und schaute Theo erwartungsvoll an. Theo wusste, dass er ihn jetzt nicht enttäuschen sollte. Gequält lächelte er Ben zu.

»Guten Morgen. Hast du gut geschlafen?«

Ben nickte und beobachtete Theo.

»Alles in Ordnung?«

Theo ließ sich auf die Sitzbank sinken. Die Angst hatte ihn wieder. Seine Hände begannen zu zittern. Er presste sie fest auf die Tischplatte.

Ben erinnerte sich, dass er seinen Glücksbringer mitgenommen hatte. Bedächtig zog er das Perlboot aus seinem Rucksack. Ben betrachtete es kurz. Dann stieg er aus seiner Koje und ohne ein Wort reichte er es Theo.

Theo umklammerte die Schale mit zittrigen Händen. Er hob das filigrane Gebilde in die Luft. Licht schimmerte durch die dünne Schale. Schließlich nahm er sie und hielt sie sich an das rechte Ohr. Es rauschte. Wie das Meer. Und das Rauschen schmolz zu einer sanften zärtlichen und süßen Flüssigkeit, die sich durch sein Ohr den Weg in den Körper, in den Kopf bahnte. Er schloss die Augen und begann tief zu atmen.
Theo spürte, wie leicht alles um ihn wurde. Die Panik zerstob wie eine dünne Qualmwolke, die man nur einmal richtig anpusten musste. Sein Herzschlag beruhigte sich. Er nahm den Nautilus und besah ihn sich genauer, ohne dass er etwas finden konnte, was dieses Wunder bewirkt haben mochte.
»Danke«, sagte Theo. »Jetzt kann es losgehen!«
Eine knappe Dreiviertelstunde später standen Morten und Theo an der Reling, gaben Ben, Stein und sich gegenseitig nochmal ein Okay-Zeichen.
Theo presste mit der Rechten den Automaten und die Maske fest auf das Gesicht.
Dann sprangen sie hinein. Ben lief zur Reling und schaute ihnen nach.
Das grünliche Wasser schlug über Theos Kopf zusammen. Sein Körper wurde eingehüllt von Luftblasen. Er begann zu sinken. Theo staunte über die Stärke des Lichts, welches nahezu zehn Meter unter dem Meeresspiegel das Wasser erhellte. Die Sonnenstrahlen drangen leicht durch die Wassermasse, welche dadurch ihre Färbung verlor. In der Ferne grünlichblau, verschwand es unter ihm in einem unbestimmten Dunkel. Er schaltete seine Lampe an.
Dann spürte er die Hand von Morten auf seiner Schulter. Wieder fühlte sich Theo sicherer. Tatsächlich war von der aufgewühlten See kaum mehr als ein leichtes Hin und Her zu spüren, das wenige Meter tiefer ganz verschwunden war. Sie

folgten dem Seil, das sie tags zuvor befestigt hatten und an dessen oberem Ende ein alter Plastikkanister als Boje diente.
Wieder begann Theos Herz wie wild zu schlagen, weil es immer dunkler wurde und der Grund des Meeres scheinbar nicht näher kam. Sein Tauchcomputer zeigte schon 28,5 Meter an. Die *Cometen* müsste längst zu sehen sein.
Morten gab ihm zu verstehen, dass er das Seil zwischen ihnen verlängert hatte und nun in acht Meter in Richtung Norden tauchen würde. Zweimaliges ruckartiges Ziehen wäre für Theo das Zeichen, ihm zu folgen. Dreimal ziehen bedeutete: Gefahr.
Morten machte zwei vorsichtige Flossenschläge und war verschwunden. Theo konnte noch einen diffusen Schein ausmachen, der von seiner Lampe herrührte.
Morten selbst war verschwunden.
Sekunden dehnten sich zu Minuten, dann ein Ruck, noch ein Ruck. Theo erstarrte und wartete auf den dritten Ruck, der nicht kam. Er folgte der Leine und sah Sekunden später Morten vor einem gigantischen Schiffsbug.
Theo hatte schon viele Wracks betaucht, aber so etwas Überwältigendes hatte er noch nie gesehen. Er hatte fast das Gefühl, die *Titanic* entdeckt zu haben.
Die wahren Dimensionen ließen sich nicht einmal im Ansatz abschätzen, weil die Sicht gerade mal eineinhalb Meter weit reichte. Morten folgte der Bordwand, die aus Holz bestand.
Mit den Händen tastete er sich entlang. Plötzlich zog er wieder aufgeregt an der Leine. Er deutete auf ein großes C, das er gerade entdeckt hatte. Wenig später hatten sie den Schriftzug der *Cometen* mit den Händen freigelegt.
Morten schaute auf ihren Tauchcomputer. Ihnen blieben noch zwanzig Minuten. Im Grunde hätten sie noch länger bleiben können und einfach in sechs oder drei Metern einen Dekompressionsstopp in Kauf genommen. Doch in einer halben

Stunde würde hier die Gezeitenhölle ausbrechen. Da würde niemand mehr an dieser Stelle im Wasser sein wollen.
Immer weiter hangelten sie sich an der Kante der Bordwand entlang. Morten entdeckte die geöffnete Luke eines Laderaumes. Er leuchtete hinein. Das Licht traf auf nichts. Es verschwand einfach. Morten bedeutete Theo, dass er hineintauchen wollte.
Theo hielt das für keine gute Idee. Doch eine noch schlechtere Idee war es, mit Morten in dreißig Metern Tiefe am Grund des Skagerraks oder des Kattegats oder wo immer sie gerade waren, mittels Zeichensprache zu diskutieren.
Morten zog sich mit beiden Armen über die Reling und verschwand im Nichts. Es war unheimlich. Dieses Mal war nicht

einmal der Lampenschein zu erkennen. Es sah gerade so aus, als würde er von dem Nichts verschlungen, erst der Kopf, dann der Oberkörper und als Letztes die Flossen.
Wieder schlug Theos Herz wie verrückt. Ein schwarzes Loch kam ihm in den Sinn. Genauso musste das auch sein, dachte er. Wenn er nun dort hineinmüsste, dort, wo die Sicht bei genau null Zentimetern lag. Genauso gut konnte man durch starken schwarzen Kaffee tauchen, oder am besten gleich durch Erdöl.
Diesmal spürte er keinen Ruck an der Leine. Genauso unwirklich, wie Morten verschwunden war, tauchte er aus der großen Schwärze wieder auf. Es schien ihn nicht besonders beeindruckt zu haben. Er sprach irgendetwas in seinen Lungenautomaten, was komplett unverständlich war.
Theo vermutete, dass Morten dort nur Kohle gefunden hatte. Nach einigen Minuten hatten sie sich bis zur Brücke gehangelt. Hier war die Sicht ein wenig besser. Sie gelangten ins Steuerhaus. Dahinter fanden sich einige Kabinen. Darin lag alles durcheinander. Das Inventar war umgefallen oder verrutscht, als hätte ein Erdbeben gewütet – oder eben eine Kollision, dachte Theo.
Die Tür der letzten Kabine war geöffnet. Eine große Kiste hatte sich in der Tür verkeilt. Auch die Kiste war umgestürzt und ihr Deckel war abgesprungen. Sie untersuchten den Inhalt und hielten verblüfft inne. Darin lag etwa ein halbes Dutzend Nautilusschalen. Auch hinter der Kiste lagen noch einige verstreut. Von hier hatte es die Schalen also wohl an den Strand gespült, aus dieser Holzkiste. Doch wie war die Kiste dorthin gekommen? Wer brauchte all diese Schalen?
Morten gab Theo ein Zeichen, sie tauchten in die Kabine, wo sie eine zweite identische Kiste fanden. Sie war noch unbeschädigt und verschlossen. Morten versuchte sie zu öffnen,

merkte aber schnell, dass sie nicht das geeignete Werkzeug dabeihatten.

Mit seinem Tauchermesser hätten sie es wohl geschafft. Doch die Zeit wurde langsam knapp. Theo deutete auf einen Umschlag aus Wachspapier, der auf der intakten Kiste befestigt war. Er wollte den Umschlag lösen, doch Morten schüttelte den Kopf.

Er bedeutete Theo, dass sie auftauchen mussten. Theo schaute ihn entsetzt an und zeigte auf die Kisten. Morten versuchte ihn mit besänftigenden Handbewegungen zu beruhigen. Endlich begriff er, was er ihm sagen wollte: Keine Panik, wir kommen wieder. Erleichtert folgte Theo ihm. Sie begannen langsam den Aufstieg. Je näher sie der Oberfläche kamen, desto kabbeliger wurde das Wasser.

Als sie endlich oben waren, wurden sie von beängstigend hohen Wellen empfangen. Morten schien das nicht zu kümmern. Innerhalb weniger Sekunden hatte er sich seiner Flossen entledigt und die Bleitaschen an Deck geworfen.

Dann kümmerte er sich um Theo, der sich reichlich unbeholfen vorkam. Krampfhaft biss er auf das Mundstück seines Lungenautomaten, um es ja nicht zu verlieren. Morten schnallte ihm die Flossen ab, reichte sie Stein und zog dann die Bleitaschen aus Theos Tarierweste.

Mit einem Schwung flogen sie an Bord. Dann bugsierte Morten Theo an die Leiter, er ergriff die Holmen und wuchtete sich nach oben. Schließlich stand Theo auf dem Achterdeck und fand an einer Stange Halt. Er hatte es geschafft. Er war wieder aufgetaucht.

Als Erstes sah er Ben, der vor Aufregung auf dem Deck hüpfte. »Theo, Theo …«, feuerte Ben ihn an. Dann vermischten sich Theos Tränen mit dem Salzwasser in seinem Gesicht und das Bild verschwamm.

Ben klammerte sich an Theos nassen Taucheranzug. Theo strich ihm über den Kopf. Er dachte an Jonne. Und an Trude. So gerne hätte er diesen Moment auch mit ihnen geteilt.
»Gut gemacht, Männer!«, rief Stein. Er umarmte Morten und Theo und schlug ihnen mit ordentlicher Kraft auf den Rücken. Ben sprang noch immer begeistert um die Taucher herum. »Habt ihr ihn gefunden, den Schatz? Was habt ihr sonst noch gesehen? Gab es dort unten Haie?«, rief er aufgeregt. »War das Wrack so groß wie die Titanic?«
Theo versuchte Ben zu beruhigen, während Morten Theos Reißverschluss öffnete, der quer von der einen zur anderen Schulter reichte.
»Geduld, Ben, wir müssen erstmal aus diesen Sachen raus.«
Schließlich begannen die beiden, von ihren Entdeckungen zu erzählen.
»Das ist echt ein Ding«, sagte Stein und schüttelte den Kopf. Er sog gierig an seiner Pfeife, die er sich heute zur Feier des Tages gönnte. Eigentlich hatte ihm das der Arzt schon vor Jahren verboten. Doch zu besonderen Anlässen zündete er sich noch immer gerne eine an – und also wann, wenn nicht heute.
Doch Theo bremste die Euphorie ein wenig.
»Wir wissen bislang nur, woher die Nautilusschalen kommen. Aber wir wissen nicht, warum sie verschifft wurden, und vor allem wissen wir noch immer nichts über den Brune Dreng.«
»Meinst du, der Brune Dreng und die Nautilusschalen hängen irgendwie zusammen?«, fragte Morten.
»Er kommt auch aus der Südsee!«, rief Ben.
Die Männer stimmten ihm zu.
»Guter Gedanke, Ben. Aber dafür haben wir bislang keinen wirklichen Anhaltspunkt. Wenn ja, dann würden wir vielleicht einen Anhaltspunkt in der Kabine finden.«
Morten schüttelte nachdenklich den Kopf.

»Dann wäre der Brune Dreng weder ein Mitglied der Mannschaft noch ein blinder Passagier gewesen. Die Kabine? Die gehörte entweder einem Offizier oder einem Passagier. Beides scheint mir eher unwahrscheinlich.«

»Tja«, meinte da Theo und man sah ihm sein Unbehagen an, »dann werden wir noch einmal runtermüssen, um die Kisten zu holen.«

»Genau das habe ich dir ja da unten zu sagen versucht«, meinte Morten und grinste.

»Und wie wollen wir das anstellen, bei dem Seegang?«, fragte Theo.

»Genau dafür haben wir Hebesäcke in unserer Ausrüstung.«

Stein stöhnte.

»Dann werde ich mal den Kran aufbauen.«

»Normalerweise braucht ihn Stein, um das Schlauchboot an Bord zu holen«, erklärte Morten und deutete mit dem Zeigefinger nach oben.

Auf dem Dach war ein kleines Motorboot vertäut. Theo hatte schon das ein oder andere Mal einen nachdenklichen Blick darauf geworfen, weil er es für das Rettungsboot gehalten hatte.

»Normalerweise brauche ich das Ding, wenn ich mit den Touris die Schärentour mache, um sie auf eine Insel zu bringen, an der ich nicht anlegen kann.«

»Also noch eine Nacht auf See,« meinte Theo resigniert. Immerhin hatte der Wind ein wenig nachgelassen.

»Morgen heben wir unseren Schatz!«, freute sich Ben.

23

Der Morgennebel wurde langsam durch die Strahlen der Sonne zersetzt, die im Osten am Horizont emporstieg. Theo und Ben hatten gut geschlafen. Theo machte beiden einen Tee und damit gingen sie an Deck. Alle anderen schliefen noch. Mit ihren dampfenden Bechern saßen sie auf einer Bank und bewunderten den Sonnenaufgang. Die in der Höhe zerstreuten Wolken färbten sich in orangerosafarbenen Schattierungen und nahmen zig Formen an.

Ben sah erst ein Schwein, dann einen Drachen und schließlich entdeckten beide einen lachenden Hund. Theo erinnerte sich dabei an eine Freundin, die einmal gesagt hatte: »Wenn wir in den Wolken keine Tierformen mehr erkennen, ja, dann sind wir erwachsen.«

Theo ging in die Kabine, um sich auf den späteren Tauchgang vorzubereiten. Er nahm sich die Nautilusschale. Den Mut, wieder tauchen zu gehen, hatte er Ben zu verdanken.

Er führte die Schale behutsam an sein Ohr, als wisse er nicht, was ihn erwartete. Es rauschte. Theo fing an, seine Atmung zu kontrollieren. Bald wurde er ruhig und war ganz bei sich.

Einige Zeit später standen sie alle versammelt an Deck, Theo und Morten nun in voller Montur.

»Bringst du mir ein Foto vom Wrack mit?«

Wieder umklammerte Ben Theo, als wolle er ihn gar nicht in die Tiefe entlassen. Theo nickte.

Kaum tauchte Theo ins Wasser, verspürte er diese gewisse Lust.
Ein lebhaftes Zischen umgab ihn. Er fühlte die Kälte von den Füßen zur Brust aufsteigen. Die Schwere seiner Ausrüstung gab nach, Blasen der Erinnerung stiegen um ihn her auf.
Sie erreichten ohne Schwierigkeiten die Reling der *Cometen* und drangen zügig bis zu den Kabinen vor. Doch nun stellte sich das Problem, die Kisten aus dem Wrack zu bekommen.
Sie ruckelten daran und wollten sie durch die Tür bugsieren, doch schon die erste Kiste war schwerer und sperriger als gedacht und verhakte sich am Türpfosten. Zum ersten Mal hatte Theo das Gefühl, dass sich bei Morten so etwas wie Nervosität breitmachte. Immer wieder schielte er auf seinen Computer und seine Taucheruhr, die er am anderen Handgelenk trug. Schließlich gelang es ihnen, die Kiste hinaus ins offene Wasser zu schieben.
Morten befestigte den Hebesack. Er hatte eine zusätzliche Pressluftflasche mitgenommen, die er an seiner Seite befestigt hatte. Damit blies er nun den Hebesack vorsichtig auf. Langsam schwebte die Kiste nach oben.
Die beiden tauchten zurück und hoben die zweite Kiste heraus. Die Zeit wurde knapp, denn bald würde die Strömung nach dem Gezeitenwechsel wieder einsetzen. Die unversehrte Kiste, das war den beiden klar, war die wichtigere. Morten war hellsichtig genug gewesen, zwei Hebesäcke mit in die Tiefe zu nehmen, denn nur ein Hebesack hätte zwei Tauchgänge bedeutet. Auch diesmal ging alles glatt und Morten war die Erleichterung anzumerken. Er gab Theo das Zeichen zum Aufstieg.
Theo fiel ein, dass er noch ein Foto machen wollte. Er deutete es Morten an und zog die Kamera aus ihrer Befestigung.
Morten stieg vor Theo auf. Als Theo zum Anstieg ansetzte, blitzte in einiger Entfernung im Kegel seiner Taschenlampe

etwas Metallisches auf. Theo blickte nach oben, zögerte und schwamm in Richtung der Reflexion. Er näherte sich einem Graben am Meeresgrund. Theo traute seinen Augen nicht. Anker, Ketten und unzählige andere, von Rost zerfressene Metallteile.
Ein zweites Wrack! Der Name des Bootes war noch gut zu erkennen: *Ægir*. Der nordische Name für einen Meeresgott.

Später, als sie die Kisten an Deck gebracht hatten, starrten alle auf das Foto vom zweiten Wrack.
»Das gibt es nicht …«, staunte Morten.
Ben wirkte nervös. Als Theo das Bild einmal hatte kreisen lassen, hielt Ben ihn am Handgelenk fest. Wie gebannt blickte der Junge auf das Gewirr von Trümmern und Seilen. Im Lichtkegel der Lampe war deutlich der Name *Ægir* zu erkennen.
»War das ein Segelschiff?«, fragte Ben fast tonlos. Alle schauten Ben fragend an. Ben insistierte: »War das ein Segelschiff?«
»Ich kann es dir leider nicht sagen. Sehr viel haben wir von dem anderen Schiff nicht gesehen. Was wir allerdings erkennen konnten, dass die *Ægir* die *Cometen* eindeutig gerammt hat.«
»Das ist ein alter Fischkutter, so, wie wir ihn hier noch bis in die 50er Jahre hatten«, sagte schließlich Stein.
»Das heißt, das Schiffsunglück war vielleicht ein Unfall, eine Kollision zwischen …«
»… einem Wassergott und einem Kometen!«, fügte Theo ein.
»Das Geheimnis!«, rief Ben.
Alle schauten sich an und konnten kaum glauben, was sie da entdeckt hatten.
»Das ist eine Sensation. Hat es vielleicht damit zu tun, dass man die Geschichte vom Unglück hier nicht so gerne hört?«
»Wir sollten so langsam mal von hier weg. Es ist nicht der ge-

mütlichste Ort. Wir haben die Kisten und sie laufen uns nicht weg. Wir fahren zurück.«

Ben lief zum Heck, zu den beiden Holzkisten, die feucht in der Sonne glänzten. Langsam umkreiste er sie. Mit einer Hand strich er dabei über die alten Holzplanken. Durch einen Spalt versuchte er in das Innere der unbeschädigten Kiste zu linsen. Ein Schatz? Einen Wikingerschatz, das hatte er seiner Mama erzählt, wolle er dort oben in Dänemark suchen. Er hatte in seinem altem Ritterbuch eine Karte herausgesucht und ihr glaubhaft versichert, dass es toll wäre, dort schwimmen zu lernen. Nur so konnte er sie überzeugen. Doch er hatte sie angelogen. Er suchte nach etwas ganz anderem.

Stein ging ans Steuer und startete den Motor. Der heulte auf, als er den Gashebel nach vorne schob, doch die *Stella,* die sonst sehr schnell reagierte und auf Tempo kam, schien sich nicht recht von der Stelle zu bewegen. Stein stöhnte auf.

»Na toll, Totwasser.«

»Was heißt das?«, fragte Ben verunsichert. Reflexartig hatte er sich schützend vor die Kisten gestellt.

»Keine Angst, Ben. Nur, dass es jetzt etwas länger geht. Wenn zwei Strömungen aufeinandertreffen, kann es passieren, dass sich unter dem Schiff eine Art Sog entfaltet, was dazu führt, dass das Schiff nicht mehr richtig vom Fleck kommt. Das nennt sich dann Totwasser. Das passiert oft an Stellen, wo zwei Meere aufeinandertreffen«, erklärte Stein.

»Wir sitzen fest?«, fragte Ben.

»Nein, das heißt es nicht. Das heißt nur, dass wir statt mit flotten fünfzehn Knoten vielleicht nur mit drei oder vier vorankommen.«

»Na, dann schauen wir uns unseren Schatz mal genauer an!«, rief Theo.

Quälend langsam kroch die *Stella* über das Wasser. Die Motoren heulten voll auf, doch es schien, als schiebe sich der Kabinenkreuzer durch zähen Schlamm.

Ihre ganze Aufmerksamkeit galt nun den Kisten. Die erste war stark beschädigt, und abgesehen von dem knappen Dutzend Nautilusschalen war sie auch leer. In den Ecken hatte sich Sand angesammelt.

Am liebsten hätten Theo und Ben die zweite Kiste sofort geöffnet, doch sie fanden, dass Stein bei diesem feierlichen Augenblick dabei sein sollte.

Aber der Umschlag aus Wachspapier, den wollten sie jetzt schon aufmachen. Mit einer Zange versuchte Morten die Krampen aus dem Holz zu lösen. Schließlich war der Umschlag frei und Theo wischte ihn mit seinem Handtuch trocken. Auch auf dem Wachspapier außen musste wohl etwas gestanden haben, aber es war nichts mehr zu erkennen.

»Meinst du wirklich, dass da noch lesbare Papiere drin sind?«, fragte Morten skeptisch.

Theo zuckte mit den Schultern.

»Wenn der Umschlag wasserdicht war, werden wir es gleich wissen. Mensch Morten, da unten haben wir tagaus, tagein 365 Tage im Jahr vier Grad Celsius. Es ist dunkel, es ist kalt, ich wüsste nichts, was besser konservieren könnte.«

Er wagte es schließlich und öffnete vorsichtig den Umschlag. Er hielt ein Blatt in der Hand und schaute es verblüfft an.

»Was steht da?«, fragte Ben aufgeregt.

»Es ist Deutsch … ein deutscher Frachtbrief«, entgegnete Theo ein wenig ratlos. Noch einmal überflog er das Blatt und las fragend die Adresse vor:

»Alma Blixen
Sankt Laurentii 23
Skagen, Dänemark«

»Seltsame Sache ist das …«, brummte Stein, der den Motor gestoppt hatte und zu ihnen nach hinten gekommen war.
»Eine unbekannte Frau aus Skagen lässt sich Nautilusschalen aus Neuguinea schicken?«, fragte Theo in die Runde. Er ließ den Brief sinken und spekulierte.
»Die Kabine, in der wir die Kiste gefunden haben, könnte einen Offizier oder einen Passagier beherbergt haben. Der Brune Dreng, wenn der nun der Passagier war … wie ging die Legende? Keiner wusste, wo er herkam. Ich glaube, ich weiß, woher der Brune Dreng stammte.«
»Nun spannt mich nicht länger auf die Folter. Was haben wir denn in den Kisten?«, fragte Stein.
»Die eine war ja offen. Aus der muss es immer mal wieder Nautilusschalen an den Strand gespült haben.«
Er deutete auf die offene Kiste, in der noch der klägliche Überrest der einstigen Ladung zwischen ein paar kargen Sandhäufchen lag.
»Und die andere?«, wollte Stein wissen.
»Wir haben auf dich gewartet. Jetzt können wir sie aufmachen!«, sagte Ben.
Der alte Fischer grinste.
»Der Schatz, was! Na, dann mal los.«
Mit einer Brechstange rückte Theo der alten Holzkiste zu Leibe. Der Deckel hob sich, ein wenig Sand und Wasser schwappten heraus. Die Kiste war randvoll mit Perlbooten, die in einer Art Schleim steckten. Vorsichtig griff Theo danach.
»Es sieht ganz danach aus, als habe jemand die Perlboote liebevoll in Seidenpapier verpackt.«
»Noch mehr von den Viechern!«, rief Morten.
»Es ist ein Meeresschatz!«, rief Ben.
»Gebt mir doch bitte mal einen Nautilus aus der anderen Kiste.«

Morten bückte sich und holte eines der Exemplare heraus und reichte es Theo. Er hielt beide nebeneinander und verglich sie. »Es sind nicht die gleichen. Ihr werdet den Unterschied sofort sehen.«
Tatsächlich zeigte das Exemplar aus der zerborstenen Kiste dicke, satte braune Streifen auf dem gesamten Gehäuse. Die Schale aus der geschlossenen Kiste sah ganz anders aus. Da zeigten sich zwar die gleichen Tigerstreifen, doch je mehr sich die Spirale nach außen drehte, desto dünner und blasser wurden die Streifen, bis sie schließlich ganz verschwanden.
»War das die Pampe aus dem zermatschten Seidenpapier?«, wollte Morten wissen. Theo, der sich jetzt wieder ganz in einen Meeresbiologen verwandelte, schüttelte den Kopf.
»Nein, ich glaube, es handelt sich hier um zwei ganz unterschiedliche Arten. Bei diesen stark getigerten Nautilus dürfte es sich um einen *Nautilus pompilius* handeln, um das sogenannte *Gemeine Perlboot*. Das da« – er hob die Schale mit der blassen Zeichnung hervor – »ist eine ganz andere Art. Vermutlich der

seltene *Allonautilus perforatus*, der zwar schon 1847 von Timothy Abbott Conrad beschrieben wurde, aber als sehr selten gilt.«
»Wow!«, rief Stein aus, »dann dürften die ja einiges wert sein.«
»Ein Schatz«, sagte Ben.
»Das ist ganz sicher ein Schatz«, wandte sich Theo an Ben. »Doch wofür waren die Schalen gedacht? Vielleicht handelt es sich um ein Geschäft? Ich weiß nicht recht ... Die Kisten waren an eine Familie in Skagen adressiert – und kamen aus dem deutschen Kolonialgebiet. Es ist auch anzunehmen, dass man an irgendetwas forschte. Wir werden es melden müssen.«
»Was passiert denn dann mit ihnen?«, fragte Ben beunruhigt.
»Nun, ich denke, sie kommen in ein Museum.«
»In einen Glaskasten?«
Ben schaute ins Innere der Kiste, in denen die Perlboote funkelten.
»Können wir sie wieder ins Meer zurücktun?«
»Ben, jetzt haben wir sie doch ...«
»Können wir? Bitte!«
Jetzt schauten auch Stein und Morten Ben an.
»Wieder ins Meer. Ich möchte, dass er weiterlebt.«
»Wer?«
»Der Schatz.«
»Also, Ben ...«, setzte Theo an, doch dann sagte Ben:
»Papa ist auch nicht gefangen. Er ist im Meer. Das hat mir Mama erzählt.«
Kurz schwankte die *Stella*. Es rauschte.

24

Wenig später rollte Theos Wagen vor das Sanduhrhaus. Fast zeitgleich kam Trude in ihrem Kleinwagen an. Ben stürmte aus dem Auto. Die beiden umarmten sich.

»Ich bin so froh, dass du … ich meine, dass ihr wieder da seid.« Sie schaute zu Stein, der lächelte. »Wo ist Morten?«

»Der hat sich am Hafen verabschiedet.«

Ben flüsterte Theo etwas ins Ohr. Der grinste.

»Habt ihr etwa Geheimnisse vor mir«?, fragte Trude mit gespielter Empörung und schaute dabei Stein an. Der tat unwissend und hob seine Schulter.

»Nein, nein, wir werden dir später alles erklären. Jetzt gehen wir erstmal rein.«

Sie waren gerade fertig und hatten alle am Tisch Platz genommen, jeder hatte eine Tasse Tee, Kaffee oder Kakao vor sich stehen, als sie hörten, wie sich ein Auto dem Sanduhrhaus näherte. Eine Autotür wurde geöffnet und laut wieder zugeschlagen. Dann hämmerte es an der Tür. Betont langsam erhob sich Theo, ging zur Tür und öffnete. Bloemsvik stand davor.

»Lassen Sie uns sofort herein!«, blaffte er Theo an.

Der schüttelte den Kopf und fragte:

»Geht's Ihnen noch gut? Was fällt Ihnen ein. Unter normalen Umständen bitte ich jeden gerne auf eine Tasse Kaffee herein, aber mir scheint das alles andere als ein Höflichkeitsbesuch zu sein.«

»Ist es auch nicht. Sie bestehlen den Staat Dänemark!«
»Was soll ich Ihrem Staat denn bitte gestohlen haben?«, fragte Theo ruhig.
»Das wissen wir nicht, deshalb bin ich ja da«, bellte Bloemsvik.
»Diese Antwort war jetzt aber ziemlich lächerlich, das wissen Sie auch«, sagte Theo. »Vielleicht erklären Sie mir, worauf sich Ihr Verdacht eigentlich gründet?«
»Ich habe Sie beim Tauchen beobachtet!«
»Dann frage ich mich, wo denn der Arm des Gesetzes jetzt ist? Oder wollen Sie dieses Gesetz jetzt selbst in die Hand nehmen?«, entgegnete Theo.
Bloemsvik mahlte mit den Zähnen.
»Ich glaube, Sie gehen jetzt besser.«
»Nein, ich gehe nicht. Sie lassen mich jetzt rein.«
Da waren plötzlich Scheinwerfer in der Dämmerung zu erkennen und wenig später rollte auch schon ein Polizeiwagen an. Jonne stieg aus.
»Was ist hier los?«, rief Jonne.
»Die haben ein Wrack ausgeraubt.«
Jonne senkte den Kopf und ging langsam auf Bloemsvik zu.
»Das ist wohl eher meine als deine Angelegenheit.«
Sie wandte sich zu Theo und wurde nun sehr förmlich.
»Herr Scherzinger, ich bedaure diese Unannehmlichkeiten. Aber stimmt das denn? Unsere Stadträtin hat Sie dabei beobachtet, wie Sie heute Morgen vor dem Grenen eine Kiste geborgen haben. Ich muss sie darauf aufmerksam machen, dass es sich dabei möglicherweise um Eigentum des Königreichs Dänemark handeln könnte, das Sie sich widerrechtlich angeeignet haben. Ich hätte Sie deswegen morgen aufgesucht. Aber wenn wir nun schon mal alle hier sind, dann muss ich Sie auffordern, mir den Fund auszuhändigen. Er wird untersucht und Ihnen zurückgegeben, sofern er nicht von Bedeutung sein sollte.«

Theo schaute Stein an und senkte dann schuldbewusst den Kopf. »Entschuldigen Sie bitte, mir war nicht bewusst, gegen ein Gesetz verstoßen zu haben. Ich bin, wie Sie wissen, Meeresbiologe. Wir wollten gemeinsam einem Phänomen auf den Grund gehen.«
»Welchem Phänomen?«, fragte Jonne streng.
»Wir wollten wissen, warum hier seit Jahrzehnten immer wieder Gehäuse von Perlbooten angespült werden. Wir kennen so etwas aus Indonesien, Melanesien, Polynesien, aber nicht aus Dänemark.«
»Und? Haben Sie eine Antwort gefunden?«
»Ja, auf dem Meeresgrund.«
»Auf dem Meeresgrund?« Sie hob überrascht die Augenbrauen.
»Ja, auf dem Meeresgrund haben wir tatsächlich das Wrack der *Cometen* gefunden. Aus dem Inneren konnten wir zwei Kisten bergen. Die waren gefüllt mit Nautilusschalen und sollten während des Ersten Weltkriegs von einer deutschen Kolonie in der Südsee nach Skagen verfrachtet werden. Warum, wissen wir auch nicht.«
»Das ist doch ein Trick«!, rief Bloemsvik empört.
»Hm, tja … nun gut, um dem Gesetz Genüge zu tun, muss ich Sie auffordern, mir die Kisten zu übergeben.«
Theo sah Ben an.
»Ich glaube, es geht nicht anders«, meinte er zu Ben, der ihm mit ernstem Blick zunickte.
»Wir haben die Kisten wieder im Meer versenkt.«
»Ihr habt was?«
»Nun, um es so auszudrücken: Wir haben unseren Fang wieder vom Haken gelassen«, schmunzelte Stein.
Auch Trude konnte es nicht glauben.
»Ihr seid da runtergetaucht, Theo, richtig?«
Ben, Theo und Stein nickten.

»Dann habt ihr aus der Tiefe zwei Kisten geborgen, um sie anschließend wieder ins Meer zu werfen?«
Wieder nickten alle.
»Aber, Theo, du als Wissenschaftler …«
»Ich habe mein ganzes Leben damit verbracht, dem Meer etwas zu entnehmen, um es zu untersuchen oder darüber zu forschen. Doch diesmal haben wir entschieden, es anders zu machen.«
»Warum denn das?«, fragte jetzt Jonne.
»Ich weiß auch nicht so recht. Vielleicht, weil sie dorthin gehören.«
»Hier wären sie gefangen«, sagte Ben entschieden.
Jonne setzte sich auf einen Stuhl.
»Als wir die Kisten wieder in die Tiefe ließen, fühlte es sich irgendwie richtig an, oder?«, erzählte Theo.
»Wir haben uns alle umarmt«, sagte Ben stolz.
Stein legte seine große Hand auf Bens Schulter:
»Na, und da unten liegen jetzt weiterhin noch so um die zweihundert Perlboote. Das reicht jedenfalls für Jahrzehnte, dass hier immer wieder Nautilusschalen angespült werden …«
»Die wir uns ans Ohr halten werden!«, sagte Trude plötzlich freudig, der die Idee zu gefallen schien.
Ganz im Gegensatz zu Bloemsvik, den die Vorstellung beunruhigte.
»Und?«, fragte er fordernd.
»Und was? Ach, das Geheimnis meinen Sie. Nun, wie Geheimnisse das so an sich haben. Ihre Skagen-Maler …«
Theo wandte sich jetzt direkt an Bloemsvik.
»… die haben das Geheimnis festgehalten, ohne es verstehen zu wollen. Das ist mir hier klargeworden. Ich werde nie ein guter Maler werden, dazu fehlt es mir wahrlich an Talent. Aber für diese Erkenntnis bin ich sehr dankbar. Wenn aber ein Geheim-

nis einen dunklen Schatten auf die Menschen wirft, dann sollte man der Sache auf den Grund gehen.«
Bloemsvik wurde sichtlich nervös. Er schaute in die Runde.
»Ben, gibst du mir mal die Kamera?«
Theo suchte ein Foto mit den Kisten.
»Wie Sie sehen, hat die eine keinen Deckel mehr. Der wurde wohl bei der Kollision abgerissen.«
»Bei der Kollision?«, fragte Jonne überrascht.
»Ja, die *Cometen* ist mit einem Fischkutter namens *Ægir* kollidiert, was beide Schiffe sinken ließ.«
Theo hielt das Foto vom Wrack in die Runde.
»Fest steht, dass die *Ægir* die *Cometen* gerammt hat, nicht umgekehrt. Ob mit Absicht, wissen wir natürlich nicht.«
Bloemsvik ließ die Arme sinken. Er setzte sich jetzt auf einen Stuhl und begann zu erzählen, als wäre er selbst dabei gewesen. Alle schauten ihn verdutzt an.
»Unser Fischdampfer, die *Ægir*, hatte am Abend des 4. Oktober 1917 den Hafen verlassen, um vor Skagen seine Netze auszuwerfen.«
Bloemsvik räusperte sich.
»Das Zusammentreffen der unterschiedlichen Gewässer zog auch damals die Fischschwärme an. Am 5. Oktober um ein Uhr vierzig weckte der Kapitän den Steuermann zur Überwachung der Aussetzung der Netze. Der Kapitän hielt auf der Brücke mit einem Fernglas Wache; das Wetter war diesig mit feinem Regen. Backbord voraus sah er die Lichter anderer Fischdampfer. Plötzlich tauchte an Backbord das grüne Licht eines Schiffes auf, das sich schon in bedrohlicher Nähe befand. Er befahl, das Ruder backbord zu legen, um noch dahinter vorbeizukommen, doch das Schiff kam nicht vom Fleck.«
»Wie wir. Totwasser«, warf Ben ein.
»Um circa zwei Uhr erfolgte der Zusammenstoß. Die *Ægir* traf

die *Cometen* steuerbord beim Großmast. Die *Cometen* war 1874 in Schweden gebaut worden, eine hölzerne Barke, die sofort zerbrach. Beide Schiffe sanken, die nahe gelegenen Fischerboote konnten alle Passagiere retten …«
»Bis auf den Brune Dreng«, sagte Theo.

Es war ein milder Sommerabend geworden. Bloemsvik war abgefahren. Die anderen traten vor das Haus, um sich zu verabschieden. Es war nahezu windstill und man hörte die Grillen.
»Darf ich noch mit Theo Pizza essen gehen?«, drängte Ben Trude beim Hinausgehen.
»Da musst du Theo fragen.«
Er schaute Ben ernst an.
»Sicher, wir können ja nach einem solchen Abenteuer nicht einfach auseinandergehen.«
Jonne bedankte sich.
»Wofür? Ich muss mich bei dir bedanken, Jonne«, sagte Theo. »Ohne dich hätte ich das nicht geschafft.«
Jonne schaute in den Abendhimmel.
»Vielleicht für das Geheimnis.«
»Das der *Cometen* haben wir geklärt, die anderen bleiben uns erhalten.« Theo lächelte ihr zu.
»Und jetzt?«
Theo hob die Arme.
»Die letzten Tage waren sehr aufregend. Eigentlich wollte ich hier beim Malen Ruhe finden. Aber daraus wurde ja nun leider nichts. Ich fürchte, ich hab mich hier bei einigen Leuten unbeliebt gemacht. Es wird Zeit, dass ich meine Sachen packe.«
»Sehe ich dich noch mal?«
Theo überlegte kurz.
»Sehr gerne. Darf ich dich morgen hier zum Essen einladen? Kochen kann ich besser als malen, ehrlich!«

Jonne willigte ein, doch so recht freuen wollte sie sich nicht. Bedrückt stieg sie ins Auto und fuhr davon.
»Ich muss auch bald meine Sachen packen«, sagte Ben traurig.
»Na, erstmal bleiben wir aber noch! Siehst du die große Düne im blauen Licht?«
Theo zeigte auf die Wanderdüne im Zwielicht.
»Ein Wal, stimmt's?«
»Jetzt haben wir einen Wal, einen Drachen und einen lustigen Hund.«
»Und Schwein haben wir auch gehabt!«
Beide lachten.
Theo kehrte ins Haus zurück. Trude wartete an der Tür.
»Schön von dir, dass du mit Ben essen gehst.«
»Das mache ich gerne. Er ist ein toller Junge. Und ich bin ihm einiges schuldig. Außerdem hab ich mich ja auch dämlich benommen.«
»Er hat dir längst verziehen.«
»Stein hat mir erzählt, dass Ben selbst auf die Idee gekommen ist, ausgerechnet hier am nördlichsten Punkt Dänemarks schwimmen zu lernen …!?«
»Ja, Theo, auch das habe ich erst kurz vor eurer Abfahrt von ihm erfahren. Er hat seinen Vater verloren.«
Theo war betroffen. »Ja, sowas hat Ben angedeutet. Dass sein Vater im Meer …«
»Er ist vor drei Jahren bei einem Segeltörn ums Leben gekommen. Irgendwo da draußen.«
»Bei einem Segeltörn hier?«
»Ja, er wollte von Hamburg nach Malmö. Einmal rund um Dänemark. Er geriet in einen Sturm, irgendwo im Skagerrak oder im Kattegat muss sein Schiff gesunken sein. Man hat keine Spur mehr von ihm gefunden.«
»Ben sucht hier nach ihm«, sagte Theo mehr zu sich.

Trude nickte.
»Er ist ein außergewöhnlicher Junge.«

Später saßen Theo und Ben in einem kleinen Restaurant im Ortskern. Genüsslich nagte Ben den Belag von der Pizza, so dass sein halbes Gesicht mit Tomatensauce überzogen war.
»Ben.«
»Ja?«
»Ich habe dir doch erzählt, dass man in einer Muschel nur sich selbst hört.«
»Ja … und?«, fragte Ben kauend.
»Durch dich habe ich verstanden, dass man auch etwas anderes hören kann.«
»Vielleicht wussten sie es. Also, die Leute aus der Südsee.«
»Vielleicht.«
Ben trank in einem Zug den Pappbecher leer und stellte ihn lautstark ab, als ihm eine Idee kam.
»Sankt Laurentii 23«, sagte er. Theo verstand nicht.
»Was ist da?«
»Das steht auf dem Brief, dahin sollten die Kisten!«
»Ben, du bist genial!«

Als Theo und Ben in den belebten Sankt Laurentii Vej, die Hauptgeschäftsstraße, einbogen, leuchteten die Fassaden im tieforangenen Schein der untergehenden Sonne.
Das Haus mit der Nummer 23 war gepflegt und vor nicht allzu langer Zeit hatte es einen Neuanstrich in *Skagengul* erhalten. Es hatte große Fenster, in dem Häuser zum Kauf und zur Miete angeboten wurden. Auf einem Schild stand *Real Estate Jensen*.
»Na, dann mal los.«
Sie betraten das Ladenlokal, das noch geöffnet war und in dem nur ein großer Schreibtisch stand. Ein Klingeln kündigte ihr

Kommen an. Nach einer Weile hörten sie Schritte. Ein freundlich dreinblickender Mann um die vierzig kam aus dem Hinterzimmer und streckte den beiden fragend den Kopf entgegen.
»Entschuldigung, wir sind aus Deutschland und zu Gast hier.«
»Und jetzt suchen Sie in unserem wunderschönen Skagen eine Immobilie, richtig?«
»Nein …«, winkte Theo ab. »Wir suchen nach einer Frau, die mal in diesem Haus gelebt haben soll. Alma Blixen hieß sie.«
Der Mann schaute, als ginge ihn die Sache nicht viel an. »Ach, diese alte Geschichte. Ja, vor langer Zeit soll hier eine Familie Blixen gewohnt haben. Ich habe davon schon gehört. Wissen Sie, ich komme nicht aus Skagen. Ich habe auch viele deutsche Kunden.«
Er bemerkte, dass Ben und Theo wohl keine werden wollten.
»Warum interessiert Sie denn diese alte Sache? Ist die Geschichte schon bis nach Deutschland gedrungen?«
»Nein, nein, es ist nur so, wie soll ich sagen, wir sind da auf ein paar interessante Details gestoßen.«
»Aha, ja, sie soll ja bei diesem Unglück ums Leben gekommen sein!«
»Tatsächlich?«
»Waren Sie schon im Pfarrhaus?«
»Warum?«
»Na, da stehen alte Vitrinen mit Muscheln, Krebsen, ausgestopften Tiere und so weiter. Die sollen früher hier im Haus gestanden haben.«
»Hier? Im Haus der Familie Blixen?«
»Ja, ich glaube sogar in diesem Raum. Almas Eltern waren Lehrer für Naturkunde. Später, nach dem Unglück, haben sie Skagen verlassen und haben ihre Sammlung wohl der Kirche geschenkt. Heute kann man sie besichtigen …«

»Haben wir schon.« Ben nickte und schmunzelte.
»Und waren Sie schon bei der *tilsandede kirke*?« Herr Jensen zeigte Richtung Südwesten.
»Die versandete Kirche, die seit Jahrhunderten von den Wanderdünen aufgefressen wird? Ja, ich war neulich dort. Was ist mit ihr?«
»Sie war mal die größte Kirche weit und breit. Sie war den Seefahrern gewidmet. Sehr beeindruckend, vor allem, weil heute nur noch der Kirchturm zu sehen ist. Den Rest haben die Wanderdünen …« Er ließ seine Hand eine gefräßige Raupe spielen. »Na, jedenfalls finden Sie da eine interessante Sache zu dieser Alma Blixen. Schauen Sie sich da mal genau um, mehr verrate ich nicht«, lächelte Herr Jensen.

25

Gleich am nächsten Morgen brachen Theo und Ben bei sonnigem Wetter zu Fuß auf. Am südlichen Stadtrand erreichten sie die angrenzende Dünenlandschaft und erklommen die erste Anhöhe.

Dünengras mit blaugrünen Halmen umgab sie. Das Läuten der Kirchenglocken hing in der Ferne wie eine tönende Kette. Kilometerweit Sanddünen. Bis zum Leuchtturm konnten sie schauen, dahinter das Glitzern der Meere. Die Häuser Skagens lagen von hier aus wie hingestreut in eine Wüste, wo der Wind in losem Sand spielte.

»Da ist es!«, sagte Ben, der sich einen Weg durch das Dünengras geebnet hatte. Es war ein besonderer Anblick, der sich ihnen bot. Plötzlich erhob sich direkt hinter ihnen oben auf dem Sand der Kirchturm. Kreideweiß ragte er aus einer Düne hervor.

»Sah es da unten bei dir auch so aus?«, fragte Ben.

»Was?«

»Na, bei dem Wrack.« Ben zeigte auf die Kirche. »Wie ein gesunkenes Schiff!«, rief er.

»Wie recht du hast! Dann lass uns mal abtauchen!«, schlug Theo vor.

Sie deuteten an, dass sie sich Masken über das Gesicht zogen, und gaben sich ein Okay-Zeichen, bevor sie zur Kirche schritten. Beide machten Schwimmbewegungen und bewegten sich wie in Zeitlupe.

Die Kirche war eine Erinnerung an die zerstörerische Kraft des Sands. Oder vielmehr der Natur, dachte Theo. Ursprünglich den Seefahrern gewidmet, war sie zum Zeugnis des eigenen Untergangs geworden.

Tatsächlich war nur noch der Turm der Kirche erhalten. Der Flugsand hatte die mächtigen Gewölbe überdeckt, sie einstürzen lassen und alles unter sich begraben.

Wie in einem Totenschiff gingen Theo und Ben um den Turm. Hier, unter dem Sand, musste sich vermutlich noch der Fußboden der Kirche befinden.

»Wir gehen jetzt auf dem Meeresboden. Hoffentlich kommt kein Hai«, sagte Ben vergnügt und machte dabei dicke Backen.

Der Flugsand hatte sich alles genommen, er hatte sich über die Gräber des Kirchhofs gelegt wie ein dicker Mantel, der sämt-

liche Geräusche verschluckte. Stimmen konnte man hier nicht mehr hören.
»Hier ist Alma!« Wieder war es Ben, der etwas entdeckt hatte. Etwas abseits der Kirche, zwischen Sanddornbusch und wilder Dünenrose, lag in den Sand eingelassen eine Steinplatte.

In Gedenken an die Naturforscher:
Alma Blixen 7. Oktober 1889 – 4. Oktober 1917
Unbekannt? – 4. Oktober 1917

»Der Brune Dreng! Er war ein Forscher!«
Die Gedenktafel war vom Flugsand befreit. In die Platte war die Form eines Nautilus eingraviert.
Naturforscher, dachte Theo, ja, das wollte er auch mal werden. Jetzt war er Wissenschaftler. Er wusste viel, zum Beispiel wie groß das Universum ist, dass es aus Materie, Energie, Zeit, Raum und Information besteht und wie es sich seit dem Urknall entwickelt hat. Doch sein wissenschaftliches Weltbild war unvollständig, das begriff er hier.
Ben hockte sich neben die Tafel und fuhr mit den Fingern die Gravur nach, die den spiralförmigen Querschnitt einer Nautilusschale darstellte.
»Das da, im Inneren, da ist der Anfang.« Ben steckte seinen Zeigefinger an den Beginn der Spirale.
»Dann …« Ben folgte mit seinem Finger der Form der Spirale.
»Und dann geht es weiter. Vom Inneren gelangt es nach außen.«
»Was? Was gelangt nach draußen?«
»Na, das … das Geräusch.«
»Wenn es da rauskommt, muss es ja auch da reingekommen sein.«
»Genau«, sagte Ben.

Theo überlegte. Wieder erinnerte er sich an seine Mutter, daran, wie sie sagte, dass er mit seinen Ohren dem Wind lauschen solle.
»Du hast recht, Ben. Das Rauschen. Das ist wie der Anfang. Es beginnt …«
»… im Meer.«
Wieder fuhr Ben die Spirale mit den Fingern nach.
»Weißt du, Theo, ich hatte Angst vor dem Meer. Ich komme aus Hamburg und konnte nicht einmal schwimmen. Eigentlich müssen doch alle Kinder, die vom Meer kommen, schwimmen können.«
Theo lächelte. »Wenn man ehrlich ist, dann ist es von Hamburg noch ein ganz schönes Stück zum Meer.«
»Das zählt nicht«, wehrte sich Ben. »Von Hamburg fahren die großen Schiffe, die Ozeanriesen. Also liegt Hamburg am Meer. Und also hätte ich schwimmen können.«
»Und du hast es nie gelernt, weil dein Vater nicht vom Segeln zurückgekommen ist?«, fragte Theo.
Ben nickte. »Papa war Segler und sein Traum war es, einmal zwischen zwei Meeren zu segeln. Mama war nicht begeistert von seinem Hobby, sie hat immer Angst um ihn gehabt. Doch er hat sie ausgelacht. ›Deshalb habe ich doch mein Boot Halley getauft‹, hat er gesagt, ›Halley, wie der Komet. Der kommt auch immer wieder zurück.‹ Mama hat ihn dann ›Blödmann‹ genannt, doch sie hat das nicht so gemeint. Als er damals in Hamburg abgelegt hat, wollte er rüber nach Schweden, glaube ich. Ehe er an Bord ging, hat er mir versprochen, dass er mich das nächste Mal mitnimmt – dann, wenn ich richtig schwimmen kann. Aber er ist nicht wieder heimgekommen.«
Theo schwieg. Er wusste nicht, was er sagen sollte. Doch er begann zu ahnen, was in dem Jungen vorging.
Ben fuhr fort. »Ich konnte mir das nicht vorstellen. Die Halley war eine große Jacht. Sie kam mir so riesig vor, ich dachte nicht,

dass sie sinken kann. Doch dann war sie einfach verschwunden.«
»Und du wolltest schwimmen lernen, ausgerechnet hier. Wie bist du denn darauf gekommen?«, fragte Theo ungläubig.
»Ich hab gedacht, ich finde hier etwas. Mama habe ich erzählt, dass ich hier einen Wikingerschatz suchen will, deswegen hat sie es erlaubt. Ich habe sie angelogen. Ich dachte, ich finde hier vielleicht etwas vom Boot. Oder von ihm. Sie haben Papa ja nie gefunden. Ich dachte, vielleicht …«
»Vielleicht …!?«
»Seit Papa nicht mehr da ist, ist Mama immer traurig. Sie starrt vor sich hin und redet kaum mit mir. Ich wünschte, ich könnte ihr helfen. Vielleicht muss ich sie eines Tages hierherbringen«, sagte Ben mit fester Stimme, eher er wieder in die Erinnerung verfiel. »Trude hat erst ganz umsonst versucht, mich ins Wasser zu bekommen. Aber ich wollte trotzdem immer wieder an den Strand. Und dann hab ich die erste Nautilusschale gefunden und mein Ohr drangehalten.«
»Wolltest du dadurch Kontakt mit deinem Vater aufnehmen?«
Ben runzelte die Stirn und dachte angestrengt nach, ehe er dann ein gedehntes »Neiiiin« von sich gab. »Das Meer, ich wollte das Meer fragen. In der Spirale sind alle Antworten versteckt, man muss nur lange genug hineinhören und verstehen, was das Meer einem sagen will.«
»Und, hast du verstanden, was es dir sagen wollte?«
Ein breites, warmes und dankbares Lächeln zeichnete sich auf Bens Gesicht ab. »Oh, ja … Ich habe den Schatz gefunden, nach dem ich gesucht habe«, antwortete er geheimnisvoll. Doch Theo begann zu verstehen. Ben schwieg einige Sekunden und fügte dann verschmitzt hinzu: »Und außerdem wollte es mir sagen, dass ich Mama unbedingt auch einen Nautilus mitbringen soll!«

26

Zwei Meere, die aufeinanderbrandeten. Eine Düne, die wanderte. Eine andere, die eine Kirche begrub. Der Sand zeigte das Vergehen der Zeit an, der Wind übertrug die Geschichte, man musste ihr nur folgen. Doch noch herrschte Stille. Die ersten Sonnenstrahlen vergoldeten den Rand der Skagen-Kirche. Auch die Krähen schienen die Ruhe noch zu respektieren. Nur ein seichter Windstoß ließ ab und an die Blätter rascheln und erinnerte daran, dass hier nicht alles ruhte.

Der schnarrende Ruf einer Krähe kündete vom Pastor, der gerade aus dem Pfarrhaus trat.

»Ich hatte Sie schon erwartet, allerdings alleine! Meinen Sie, es ist eine gute Idee …«

Der Pastor schaute auf Ben.

»Ganz sicher ist es eine gute Idee, denn Ben haben wir die ganze Sache schließlich zu verdanken«, fuhr Theo dazwischen.

»Dann treten Sie bitte ein«, gab der Pastor nach und machte den beiden Platz.

Im Flur staunte Ben erneut über die ausgestopften Tiere hinter Glas. Er deutete auf die Nautilusschale in der Vitrine. »Da ist sie«, flüsterte er zu Theo.

Theo nickte. Der Pastor bat die beiden in sein Büro.

Kaum hatten sie sich gesetzt, legte Theo los:

»Wer war Alma Blixen?«

»Sie waren bei der *tilsandede kirke*?«

Theo und Ben nickten. Der Pastor lehnte sich in seinem Sessel zurück, und ohne Ben zu beachten, sagte er:
»Ich möchte Ihnen etwas über diese Kirche erzählen. Seit jeher, schon seit dem Mittelalter, nagen die gefräßigen Wanderdünen Tag und Nacht an den Gemäuern dieser Kirche. Doch es war das Jahr 1775, in dem ein furchtbarer Sturm der Kirche besonders zusetzte und alle Eingänge versperrte. Die Bewohner Skagens, besonders die Fischer unter ihnen – denn die Kirche war ja dem Schutzpatron der Fischer gewidmet –, mussten graben, um das Gotteshaus betreten und ihren Gottesdienst feiern zu können. Die Fischer waren zäh. Zwanzig weitere Jahre schaufelten sie Woche für Woche die Zugänge frei, um sich Gottes Segen zu holen. Doch es nahm kein Ende: Der Wind trieb unaufhörlich den Sand gegen die Mauern. Eines Tages schließlich, nachdem sie ihre Niederlage eingesehen hatten, gaben sie den Kampf um die Kirche auf.«
Pastor Hollebæck schaute Theo an, der nicht verstand.
»Nun, die Natur ist ein großer Lehrmeister. Das sagte ich Ihnen ja schon bei unserem ersten Treffen. Das merken wir ja auch gerade aktuell, der Klimawandel.«
»Was hat das mit Alma Blixen zu tun?«
»Das überlasse ich Ihnen. Jedenfalls schloss der Klerus die Kirche endgültig, und das gesamte Mobiliar wurde versteigert. Außer diesem Schreibtisch.«
»Den haben Sie also genauso geerbt wie die Vitrinen der Familie Blixen?«
Der Pastor strich über die Tischplatte und schaute kurz auf. Schließlich öffnete er die Schublade und nahm einen Umschlag heraus. Daraus zog er ein Foto und legte es vor Theo und Ben auf den Tisch. Das alte Schwarz-Weiß-Bild zeigte eine Frau im Hosenanzug, mit kurzem Haar, ein Bein auf einen Stuhl gestellt, mit einer Zigarettenspitze in der Hand.

»Sie ist schön. Sie sieht aus wie eine Schauspielerin«, entglitt es Ben.
Wieder blickte Pastor Hollebæck kurz zu Ben.
»Nein, sie war keine Schauspielerin. Aber ganz sicher hatte sie das Zeug dazu gehabt … nein, Alma Blixen war eine extrovertierte Frau. Sie stammte aus einer Lehrerfamilie. In der Gemeinde schien sie oft anzuecken. Eines Tages verließ sie Skagen in Richtung Südsee. Dort wollte sie Forscherin werden. Ob es ihr da unten gelungen ist, keine Ahnung.«
Der Pastor hob die Schultern.
»Nach einigen Jahren beschloss sie jedenfalls, wieder heimzukehren. Mitbringen wollte sie einen Eingeborenen von dort.«
»Den Brune Dreng?«
»Ja, sie waren ja auf demselben Schiff, der *Cometen*. Tragisch, dass ausgerechnet die beiden ertranken.«
»Ach, Alma war auch auf dem Schiff? Und ertrank hier vor der Küste? Und weiß man irgendetwas über den Brune Dreng?«
»Nein, wie sie der Grabplatte entnehmen konnten: Unbekannt!«
Es entstand eine Pause.
»Nun haben Sie alles von mir erfahren. Jetzt ist es an Ihnen, mir zu sagen, was sie da unten gefunden haben.«
»Nautilusschalen. Jede Menge. Verpackt in zwei Kisten, davon war eine aufgebrochen, deswegen wurden hier immer wieder Exemplare angespült.«
»Aber warum?« Pastor Hollebæck lehnte sich jetzt vor. »Warum haben Alma und der fremde Mann die Meeresgehäuse nach Dänemark schaffen wollen?«
Es war die Frage, die den Pastor schon lange beschäftigte.
Doch Theo hob die Schultern: »Das haben wir leider auch nicht herausfinden können. Es bleibt vermutlich für immer ein Geheimnis.«

Der Pastor winkte resigniert ab und schmunzelte.
»Mmh. Zauber, Schwarze Magie. Vielleicht fahre ich dann doch mal auf den Spuren der alten Missionare in die Südsee!«
»Wissen Sie, Pastor Hollebæck, ich bin ja Wissenschaftler. Meeresbiologe. Auch ich habe lange darüber nachgedacht, was Alma und den Brune Dreng dazu veranlasst haben könnte, Nautilusschalen aus der Südsee in das ferne Dänemark zu bringen.«
»Und?«
»Mit einer Nautilusschale kann man zwar nicht das Meeresrauschen mit nach Hause bringen. Aber: Unser Gehirn kann sich mithilfe des Schneckenhauses daran erinnern. Vielleicht liegt darin ihr Geheimnis.«
»Ja, Glaube kann Berge versetzen«, winkte der Pastor ab.
»*Vorstellung* würde ich es eher nennen. Die Nautilusschalen sind wie ein Buch. Oder wie die Bilder der berühmten Maler hier. Erst unsere Vorstellung lässt die Wellen gleichmäßig heranrollen, die Sonne auf dem Wasser glitzern, lässt uns das Salz in der Luft schmecken.«
Der Pastor wusste nicht recht, was er dazu sagen sollte.
Dann sagte Ben: »Vielleicht wissen die mehr als wir, über das Meer.«
»Die Maler?«
»Nein, die aus der Südsee. Die lernen ja auch besser schwimmen als wir. Sagt Trude.«
»Das glaube ich mittlerweile auch.«
Dann verabschiedeten sie sich.
»Wer macht denn dann den Stein sauber?«, fragte Ben noch.
»Den Stein?«
»Na, die Steintafel von Alma und ihrem Freund.«
»Tja, alles versandet. Wir leben hier auf Sand, mein Junge. Eine Person aus dem Ort fegt da jeden Sonntag. Überzeugt euch selbst. Morgen früh ist es wieder so weit!«

27 Über Nacht war das Wetter umgeschlagen, und auch an diesem Sonntagmorgen heulte der Wind über dem Städtchen.
Die Meere warfen hohe Wogen, die Vögel jagten schreiend in Scharen, wie Wolken im Sturm, über die Strände hinweg. Die Sanddünen wirbelten und staubten.
Der Weg zur versandeten Kirche war äußerst mühsam gewesen. Sand und Steinchen wehten Theo und Ben ins Gesicht. Schweren Schrittes staksten sie durch den Sand weiter auf die Kirche zu. Der Sand lag überall hoch, fast so, als wollte sie jemand abhalten, ja, sich ihnen entgegenstellen.
Jetzt, wo sie endlich am Ziel waren, hielten Theo und Ben inne. Sie fühlten, dass sie sich anschlichen. Tatsächlich entdeckten sie hinten, zwischen wilder Rose und Sanddorn, eine gebückte Gestalt, die vor den Gräbern kauerte. Eine Frau. Daneben standen ein Eimer und eine Schaufel.
Vorsichtigen Schrittes näherten sie sich und erkannten die Frau.
»Trude?«, rief Theo.
Sie drehte sich erschrocken um und stand auf.
»Theo! Ich hatte gehofft, dass du mich hier findest!«
Dann drehte sie sich um. »Ben, du bist auch mitgekommen!«
»Du pflegst dieses Grab?«, rief Theo überrascht.
Trude nickte.
»Der Sand ruht nie.«

Der Wind wirbelte ihr Haar umher. Dann zeigte sie auf die Tafel.
»Sie war schön!«, rief Ben jetzt. »Wir haben ein Foto von ihr gesehen.«
Die drei setzten sich neben den Gedenkstein. Der Sanddornbusch gab ihnen Schutz vor dem Wind.
»Ja, Ben, das war sie.« Dann erzählte Trude. »Sie stammte eigentlich gar nicht aus Skagen. Ihre Eltern waren Lehrer und zugezogen, als Alma schon eine junge Frau war. Alma war, wie soll ich sagen, eine für die damalige Zeit moderne Frau. Sie hatte kurze Haare, trug Hosen …«
»Geraucht hat sie auch«, warf Ben ein.
»Ben, das ist natürlich nicht modern.« Trude lächelte und drückte Ben die Hand.
»Nun, sie passte in der Zeit wohl nicht so ganz in unsere Gemeinde. Aber …« – Trude hielt kurz inne – »sie fand hier in einem jungen Fischer ihre Liebe. Er hieß Torben.«
Der Wind pfiff über sie hinweg.
»Doch eines Tages hat sie ihn verlassen. Sie wollte Forscherin werden, etwas über ferne Kulturen lernen. Sie fuhr in die Südsee. Die Jahre vergingen, und man hörte so einiges über sie hier in Skagen. Gerüchte machten sich breit: dass sie einen ›Wilden‹ geheiratet hätte. Auch, dass er ein Prinz aus einem Inselreich sei und sie bald Königin werden würde und so weiter und so fort.«
Trude streichelte Bens Hand. Er hatte den Mund geöffnet.
»Nach Jahren jedenfalls kündigte Alma ihre Rückkehr nach Skagen an, ihre Eltern wohnten ja noch hier. Auch, dass sie ihren Mann mitbringen würde.«
»Den Brune Dreng?«, fragte Ben.
Wieder nickte Trude. Dann seufzte sie und schaute Theo an.
»Warum sie sich auf die Reise machten, mit all diesen Nautilus

im Gepäck, das weiß ich bis heute nicht … Jedenfalls kam es in dieser kalten Oktobernacht zu jenem Unglück der *Cometen*, hier draußen.«

Trude zeigte Richtung Grenen. Ihre Stimme zitterte.

»Als sich Alma, schon gerettet, an Bord eines Fischkutters befand, war es ausgerechnet Torben, der ihren Mann aus dem Wasser ziehen sollte. Doch als Torben Almas dunkelhäutigen Mann erkannte, stieß er ihn zurück in die Fluten. Alma war entsetzt und sprang ihm hinterher, trotz des starken Seegangs an dem Tag. Sie ertranken.«

Nach einer Pause fügte sie an: »Eigentlich müssten die beiden gute Schwimmer gewesen sein, aber die Strömung …«

»Totwasser«, fügte Theo ein.

»Obwohl es ja Zeugen gab, die gesehen hatten, dass Torben Almas Mann absichtlich zurück ins Wasser gestoßen hatte, beschloss man im Dorf, das Verbrechen wie einen Unfall aussehen zu lassen, und vertuschte über die Zeit auch die Beteiligung eines einheimischen Fischerboots an dem Unglück. Die Fischer schworen, niemals einen der ihren zu verraten. Ich bin froh, dass es jetzt vorbei ist.«

»Deswegen wolltest du, dass ich …«, Theo schaute kurz zu Ben, »… ich meine, dass wir dem Geheimnis auf den Grund gehen?«

Trude nickte.

»Aber woher weißt du das alles?«

Die Rosen neben Trude zitterten im Wind.

»Torben war mein Großvater.«

Für einen Moment hörte man nur das aufgewühlte Treiben des Windes.

»Ja, Torben war mein Großvater. Spät, aber noch rechtzeitig, hat er mir alles gestanden. Obwohl ihn seine Freunde schützen wollten, bereute er seine Tat bis zum letzten Tag. Rasend vor

Eifersucht sei er gewesen. Doch über die Jahre dachte er immer an Alma. Und mehr und mehr sah er in ihr die neugierige Forscherin, die sie schon in ihren Jugendjahren gewesen war. Schließlich ließ er diese Gedenktafel anfertigen und bat mich, einen geeigneten Ort dafür zu finden …«

Theo verstand jetzt, wieso Trude Schwimmlehrerin geworden war. Sie wollte etwas wiedergutmachen.

»Trude …!«, rief Ben.

»Jetzt kennt ihr mein Geheimnis.« Ben legte ihr den Arm um die Schulter.

Trude deutete auf das Sanduhrhaus in der Ferne.

»Und? Wie hat dir deine Zeit in Großvaters Haus gefallen?«

»Äh, gut … eigentlich sehr gut. Ich würde gerne noch länger bleiben!?«

28

Es war der Morgen vor dem Tag von Bens Abreise. Die Sommerferien waren fast vorbei, in der kommenden Woche ging die Schule wieder los. Theo hatte ein kleines Picknick vorbereitet, und Ben und er hatten in gut einer halben Stunde die Wanderdüne erklommen.

Oben angekommen, setzten sie sich, doch angesichts des morgigen Abschieds war ihnen weder nach Essen noch nach Reden zumute.

Der Wind der vergangenen Tage hatte etwas nachgelassen. Theo erspähte unten Trudes Haus. Ob sich die Düne in dieser Zeit schon weiter genähert hatte? Komisch, dachte Theo, da unten, im Inneren einer Sanduhr, merkt man gar nicht, wie die Zeit vergeht.

Auch die Maler hatten diesen Strand ja wie in einem langen, gar nicht enden wollenden Sommer festgehalten, und zugleich bezeugte ihr Licht den Augenblick und damit seine Vergänglichkeit.

Doch weiter hinten, am Horizont, kündete das Wasser täglich vom Zusammentreffen der Meere – so wie am ersten Tag. Türkisblau war das Wasser, das von Nordwesten in sanften Wellen an den Strand spülte. Grünlich wie ein Dschungelfluss war es im Osten.

»Ich möchte mich bei dir bedanken, Ben.«

»Wofür?« Ben strich mit seinen Fingern durch den Sand.

»Na, sagen wir mal dafür, dass ich den Kopf wieder unter Wasser kriege!«
»Aber das hat doch Trude gemacht.«
»Ja, das stimmt. Aber ohne dich hätte ich das nicht geschafft. Manche Dinge schafft man eben nur gemeinsam …«
Theo hielt inne und atmete ein.
»Und da ist noch etwas, Ben, was ich dir sagen möchte.« Ben schaute auf.
»Durch dich habe ich mich an die Zeit erinnert, als ich so alt war wie du und noch zur Schule ging. Ich war kein Streber, aber manche Fächer, so wie Mathe, sind mir leichter gefallen als anderen. Das fanden ein paar meiner Mitschüler blöd, und die haben dann angefangen, mich zu hänseln. Später, dann auch auf dem Schulweg, haben sie mir gedroht, wenn ich weiter gute Noten schreibe, machen sie mich fertig. Ich hatte große Angst und auch die anderen Mitschüler wollten nichts mehr mit mir zu tun haben. Ich wollte nicht mehr in die Schule, log meine Eltern an, ich hätte Bauchschmerzen, die Lehrer seien doof … Schließlich hörte ich auf zu lernen und schrieb schlechte Noten. Bis mich meine Eltern an einer anderen Schule anmeldeten …«
Theo schaute Ben jetzt direkt an: »Das ist nun fast vierzig Jahre her und hier ist mir klar geworden, wenn ich damals einen Freund wie dich gehabt hätte, wäre es weniger schlimm gewesen. Denn jemandem wie dir hätte ich alles erzählen können …«
Ben bemerkte, dass Theos Stimme etwas brüchig wurde.
»Aber heute sind wir doch Freunde, oder?«
Theo nickte. Er rückte neben Ben und legte den Arm um Bens Schulter.
»Ja, mein Lieber, darüber bin ich sehr froh.«
»Ich bin aber traurig, weil ich morgen fahren muss.«

»Du kannst doch wiederkommen. In den Herbstferien? Ich bleibe jedenfalls noch den Herbst über hier, Trudes Häuschen ist frei. Dann kannst du Jonne besuchen, wenn das Baby da ist, vielleicht braucht sie ja ein bisschen Unterstützung. Und im Oktober ist es natürlich nicht mehr so warm, aber vielleicht kannst du weiter schwimmen üben. Trude könnte ja deine Mutter fragen, ob sie auch kommen mag!«
»Oh, das wäre schön!«, rief Ben vergnügt. »Dann spiele ich mit dem Baby!«
Ben sprang auf und hüpfte jetzt aufgeregt auf und ab.
Dabei stieß er seinen Rucksack um, aus dem eine Nautilusschale kullerte.
Der Wind blies über die Öffnung des Nautilus und erzeugte diesen ganz eigenen Ton. Sand war dabei mit im Spiel, wandernder Sand, den die Geschichte und der Wind vor sich her wehten.
Ben robbte sich neben den Nautilus. Leise sagte er zu Theo: »Kannst du das hören?«
Theo sah Ben an, nickte und lauschte dem eigenartigen Geräusch.

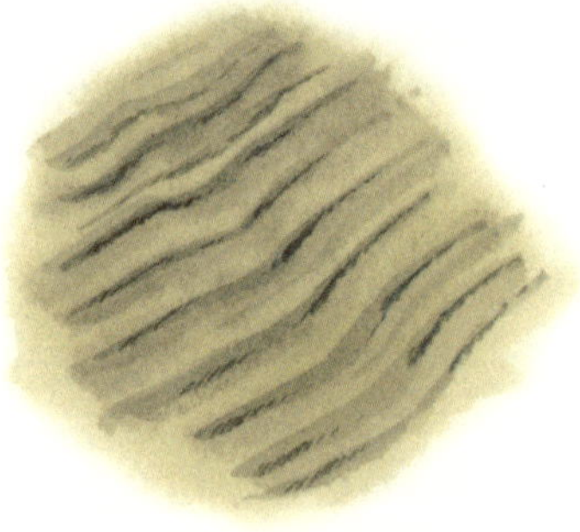